JN111336

THE DETECTIVE HUNT

刑事狩り

人見謙三
HITOMI KENZO

幻冬舎MC

刑事狩り

プロローグ

「角田君どうだね。今年もあと数日で終わるが、来年に向けて例の狩りは進んでいるかね？」

「狩りだなんて人聞きの悪い。組織の改編と言っていただかないと」

「そうだな。それで関東での根回しはどうだ？」

「はい、うちが旗揚げをすれば各県も賛同するとの確約は取れております。どこもあの部を疎ましく思っているようです。現在、関係機関と調整を図っております」

「あそこは叩けば埃がいくらでも出るだろうから、理由付けは問題ないな。関東での調整が済んだら、今度は近畿に話を持って行くか。特に大阪にとっては渡りに船だろう。他の部署と仲が悪いと聞いているからな」

「はい、ではそのように。ただ問題は桜田門です。まだ根回しすらしておりませんので、果たして賛同するかどうか」

「根回し？　その必要はないだろう。この私が了承しているのだから問題ない」

「おっしゃる通り。では桜田門には根回しなしで」

「最近の若手職員は、拘束時間が長い、休みも取れないあそこを希望しないっていうじゃないか。

もうこのへんで奴らには日本の歴史から消えてもらってもいいんじゃないのか？　それが君達の本懐だろうしな。周りの環境に順応できなかった奴らは、恐竜のように絶滅すればよい」

「はい」

「来年は良い年になりそうだな。新しい時代の幕開けに」

「未来の我々のために」

二人は乾杯した。

令和四年一月、神奈川県警警務部人事一課に所属する佐伯警部は、来年度の人事編成案の報告のため、本部長室を訪れた。

「角田本部長、佐伯です。失礼いたします」

佐伯は頭を下げながら本部長室に入室した。

「おお、佐伯か。相変わらずビシッと決まっているな。座れ」

整った顔立ちに加え､引き締まった身体に濃紺のピンストライプのスーツを身にまとった佐伯は、どこから見ても二枚目のいい男だ。

「本部長、本年の人事構想で私の意見をお聞きになりたいとか。どういったことでしょうか」

佐伯が手持ちの資料を開こうとした。

「おいおい、久しぶりに会ったというのに、いきなり仕事の話か」

角田は笑いながら煙草に火を付けた。小柄ではあるが、髪をオールバックにし、目つきの鋭い角田は、他を寄せ付けない雰囲気があるが、笑顔は人懐っこさを感じさせる。

「申し訳ありません」

「まあいい。お前は俺が長年見てきた部下の中でも、最も誠実で優秀な男だ。だから今日はな、お前の率直な意見を聞きたくてな」

「はい、私でお役に立てることなら」

「よし。お前は刑事部を解体することについてどう思う?」

「刑事部を解体ですか? それは刑事部がなくなるということですか?」

「そうだ。それについてどう思う?」

角田は口から煙草の煙を吐いた。

「正直申し上げて、刑事部は刑法犯の全てを担当する部署、年間の刑法犯の発生件数を考えると、他の部が肩代わりしたとしてもうまく機能するまでは検挙率が期待できないと思料されます。組対部が刑事事件をやるというならわかりますが」

「一度切り離した刑事部と組対部をまたくっつけるわけにはいかんだろ」

角田は面白くなさそうに煙草の煙を吐いた。

「それはそうですが」

佐伯は角田から目をそらし、下を向いた。

「俺はな、最近の多種多様な犯罪に即応できるような強靭な組織を作りたいんだよ。警察組織は未だ縦割り主義で横の連携は皆無といってもいい。こんな組織が国民の安全安心を守っていけるか？」

「はい、部長のおっしゃるとおり、私も今のこの体制には違和感を覚えます」

「ふむ。ではお前に聞く。最近の犯罪傾向はどうだ？」

角田が眼光鋭く佐伯をまっすぐ見据え、佐伯は思わず背筋を伸ばした。

「はい、最近はストーカーや恋愛感情のもつれ、ＤＶや虐待等からの重要事件に発展する傾向にあります」

「そのとおりだ。この世の中、女にフラれただけで簡単に相手を殺すような時代だ。確かに殺人は刑法犯で刑事部の担当だ。ただ問題は、殺人に至るまでの背景や動機なんだよ。『この事件は殺人だから刑事部で』というような簡単な問題ではない。各部の垣根を越えて今の時代の複雑な事件に対処しなければならんのだ」

「おっしゃるとおりです」

角田の力の入った話に佐伯は圧倒され、いちいちうなずくだけだった。

「そこでだ。刑事部を生活安全部に統合するとしたら、どうだ？」

角田は煙草を灰皿に押し付け、二本目を吸い出した。

「生活安全部ですか。確かにストーカーや虐待等の事件は生活安全部の担当、そこに事件に強い刑事を加えれば、生安部のレベルアップにはつながると思いますが、刑事部が納得するかどうか」

「いちいち連中の意見を聞いている暇はない。こうしているうちにも、どこかでストーカー被害や虐待被害に遭っている者がいる。今すぐ改革が必要なんだ」

「はい。その通りです」

佐伯は頭を下げた。

「そこでだ。お前にその下地を作ってほしい。これから私は県警の全署の改革を進めていく。その先鋒をお前に任せたい」

角田は佐伯に顔を近づけた。

「本部長のお考えはよくわかりました。しかし、県警全署の改革となると、規模が大きすぎます。私のようなものがお役に立てるかどうか」

佐伯が困惑した表情で角田を見つめていると、角田は再び人懐っこい笑顔を見せた。

「真に必要な刑事を選別してほしい。そして必要のない刑事は排除する。簡単なことだ」

*

令和四年二月、俺は角田本部長の特命を受けてこの本宮署に刑事課長として着任した。この刑事課は、課長も含めて警部以下四五名と大所帯で、うち女性警察官が八名いる。女性の職域拡大という、時代に即した配置だ。

「本日付けで当課に着任しました佐伯です。刑事課は初めて経験する課でもあり、私のようなものが刑事課長という大役を果たせるのかどうかわかりませんが、全身全霊をもって仕事にまい進していきますのでご協力お願いします」

今日は俺の着任挨拶だというのに、課員はまばらだ。

「課長補佐の城島と申します。よろしくお願いします。私も若い時は人事一課におりまして。もう一〇年以上前の話ですが」

「ああ、あなたが城島さんか。上から話は聞いています。優秀らしいですね。よろしくお願いします」

「いやいや、優秀だなんてとんでもない。あれですか、上というと、署長からですか?」

「署長? 違いますよ。本部長ですよ」

「本部長ですか!」

「ここで嘘を吐いても仕方がありません。あなたを頼るよう指示を受けています」

「本部長がそんなことをおっしゃっているんですか! これはまた嬉しいかぎり! ご不明な点があれば何なりとおっしゃってください!」

「よろしく頼みますよ」

佐伯は笑顔で城島と握手を交わした。

お前のことなんか誰が気にするか。そもそも角田本部長がお前のような雑魚を知っているわけがない。一〇年以上前に人事一課にいただ？　じゃあお前は今まで何をしていたんだ。警察署をグルグルと回るだけの人工衛星のくせに、俺と一緒にするな。

「城島補佐、私はこれから署長に挨拶してくるから」

「どうぞどうぞ、いってらっしゃい。署長も首を長くしてお待ちになっておられますよ」

佐伯は辞令を手にして署長室に向かった。

「署長、入ります。佐伯でございます」

「おう、来たか。そこに座ってくれ」

佐伯は署長の木下に通されて応接用のソファに腰掛けた。

「君がかの有名な全能の神、ゼウスの息子か。警務部のエースが刑事課長とは、角田さんも面白い配置をするものだな」

署長の木下も警務部出身で、角田本部長とは旧知の仲だ。しかも角田のあだ名「ゼウス」を知っているくらいだから相当な仲だ。

「はい、私自身も戸惑っておりますが、本部長から捜査経験を積んでこいと肩を叩かれまして。精一杯やらせていただきます」

「うん、よろしく頼むよ。ここはいい所だぞ。管内は比較的穏やかだし、刑事課も和気あいあいとして良い雰囲気だ」

「そうですか。それは何よりです」

「ただな、君は刑事部門が初めてだから言っておくが、刑事課にはクセのある輩が結構いるから、それに振り回されないように淡々と業務を推進してくれよ。君は一年位したらまた警務部に戻るんだろうから、それを頭に入れてな」

「承知しました」

「よろしい。詳しいことは城島補佐から業務報告を受けてくれ」

佐伯は木下に頭を下げ、署長室を後にした。

佐伯が刑事課に戻ると、城島を囲んで数人の刑事が何やら話をしているのが目に入った。

「補佐、何かあったのか?」

「ああ課長、今ちょうど署長室に行こうとしていたところですよ。まだ詳細はっきりしませんが、交番勤務員からの連絡で、小学一年の女の子なんですが、学校が終わっているのにまだ帰ってこないっていう訴え出を受けたらしいんですが」

「補佐、もうちょっと様子を見た方がいいですよ。下校途中でしょ? まだ友達と遊んでるんでしょ」

途中で強行犯捜査係長の加藤が口を挟む。

「補佐、いなくなってからどれくらい経っている?」

「はい、学校が終わったのが午後四時位ですから、すでに二時間以上は経過しているかと思われます」

「行方不明者の扱いは生活安全課の仕事でしょ？　こっちは事件で忙しいんだからこれくらい生安でやってほしいよ」

他の刑事が文句を言い出す。

「子供の行方不明事案は誘拐等の事件に発展するおそれがある重要事案だ。ここは事件を念頭に立ち上がった方がいい。補佐、訴え出た母親はまだ交番にいるのか？」

佐伯がすかさず刑事達の不満を一蹴し、城島に確認する。

「はい、交番で行方不明届を出しているところだと思います」

「よし、では母親には届出を出したら家に帰るよう伝えろ。うちの捜査員を秘匿で家に向かわせる」

佐伯が指示を飛ばす。

「了解しました」

城島は交番に連絡しその旨を伝えた。

「じゃあ加藤係長、家に行って母親から事情聴取してきてくれ。あれっ？　係長はどこ行った？」

城島が辺りを見回す。

「係長なら裏付け捜査があるとかで現場に出ましたよ」

同じ強行犯捜査係の手塚が自席でパソコンを打ちながら答える。

「裏付けだと？　たった今ここにいたじゃないか。今すぐこの子の家に転進するよう加藤に伝えろ！」

城島から檄が飛んだが、手塚はパソコンに向かって淡々と打ち込み作業を続ける。

「おい手塚！　聞いてるのか！」

「聞いてますよ。うちの係もホント忙しくて猫の手も借りたいくらいなんですよ。生安の仕事まで手を出せませんよ」

手塚は城島の顔すら見ず、ひたすら打ち込み作業を続ける。

「君、手塚君っていうのか。ちょっとこっちまで来てもらっていいか」

手塚は作業を止め、面倒臭そうな顔をして佐伯の所まで来た。

「君、階級は？」

「巡査部長です」

「そうか。では手塚部長、今補佐が言ったことはお願いではない。命令だ。今すぐ加藤係長に電話をして家に転進するよう伝えろ」

「わかりました」

手塚は自席に戻りながら携帯電話を取り出し加藤に電話をかけた。

「課長、初日からすいません。私はこれから生安課に行って事情を説明してきます」

城島は急いで刑事課を出て行った。

しかしここはどうなっているんだ。巡査部長ごときが警部に楯突くとは。

佐伯はイライラしながら自席に戻り、捜査一課に電話をかけた。

「課長、生安には連絡済みです。加藤には連絡とれたか？」

城島が手塚の方を向いた。

「電話しました、了解だそうです」

「よし、これで万が一の時の体制は取れましたね」

「念のため一課の特殊には連絡した。係長以下三名でこっちに向かうそうだ」

「一課が来るんですか！　そりゃ大変だ。色々と準備しなくては」

「何の準備だ？　部屋は三階の対策室をすでに押さえたぞ」

「部屋もそうなんですが、ほら、晩飯の用意とかもしないと」

「あのな、彼らはここに遊びに来るんじゃないんだぞ。本部の人間が署を助けるのは当たり前じゃないか。なんでこっちが晩飯の心配をしなけりゃならないんだ」

「しかし課長、一課の連中に嫌われると、後々の仕事がやりにくくなりますし」

「お前はそんなことばかり考えているのか？　そんな事考える暇があったら、いなくなった女の子の心配でもしろ！」

佐伯は城島を恫喝した。

「す、すいません！」

「城島、警察犬の要請をしろ。いなくなってから二時間経過しているから犬でも追い切れないかもしれないが、できることは全部やるぞ」

「了解しました」

城島は慌てて警察犬係に電話した。


捜査一課特殊犯が署に到着した頃、警察犬はすでに追跡を開始していた。

「特殊犯捜査係の池上です」

「課長の佐伯です」

「それで捜査状況は？」

佐伯はホワイトボードに記載された事項について説明した。

「ご両親に対する怨恨の線や資産関係については一班が、いなくなった女の子の友達関係は二班、他は警察犬を要請してすでに捜索を開始しています」

「了解、では我々は秘匿でその子の家に入りますから、我々が家に入った段階で署の人は離脱してください。被害者対策はうちらでやります」

「了解」

特殊犯捜査係員が現場に向かってから数分もしないうちに捜査員から声が上がった。

「課長！　犬がマンションの非常階段で隠れていた女の子を発見しました！」

「女の子は無事なのか！」

「今、警察犬係員が確保してます。無事だそうです！」

「城島！　現場に行くぞ！」

「はい！」

佐伯は城島とともに発見現場に飛んだ。


佐伯らが現場に到着すると、警察犬に見守られて女の子が泣いている姿が目に入った。

「課長の佐伯です」

「警察犬係の山田です。怪我等はないようですが、この子の話だと、家に帰る途中に男の人に連れて行かれそうになったんで走って逃げたと」

佐伯は女の子に話しかけた。

「怖かったね。もう大丈夫だからね。おじさんと一緒にお母さんのところに帰ろう」

女の子は無事保護され、佐伯らとともに署に向かった。

佐伯らが署に到着すると、児童を無事に保護した一報を聞いた特殊犯捜査係員も署に戻っていた。

「課長、良かったですね」

「ありがとうございます。無事に保護できて本当に良かった」

「で、どんな状況ですか？」

「状況からして性的いたずら目的の誘拐未遂事件ではないかと」

「わかりました。では被害者対策は引き続き我々が担当しますから、課長の方は防犯カメラ画像の回収等をお願いできますか」

「了解」

佐伯は捜査員に対し、現場周辺の防犯カメラ画像を幅広く回収・解析するよう指示を飛ばした。

「補佐、加藤係長は？」

「あれ？　すみません、女の子の保護に気を取られてました。手塚！　加藤係長はどこだ！」

「女の子の家にいるんじゃないですか？」

「そんなことないだろ、家にいた捜査員には署に戻ってくるよう指示したはずだ」

「そんなこと私に言われても知りませんよ。防カメの捜査に行ってきます」

手塚は早々に部屋を出て行った。

その後、加藤は部屋に戻らず、城島が電話しても出ることはなかった。

現場周辺の防犯カメラ画像を回収し、被疑者の映り込みがないか解析した結果、現場で女の子の手を引いて歩いていた被疑者を発見した。

この画像を本部に持ち込み前歴者と照合した結果、過去に強制わいせつの前歴がある男が浮上、さらにその男が現場直近に居住していることが判明した。

「よしみんな、あともうひと踏ん張りだ。証拠を固めて逮捕状を請求するぞ」

佐伯の指示の下、捜査員らが逮捕状請求に向けて準備を始めた。

*

次の日の朝、佐伯は裁判所からの逮捕状の発付を受け、被疑者逮捕に向けての準備を進めていた。

そんな中、加藤が始業時間ギリギリに出勤してきた。

「おっ、何だ？　朝からバタバタしてんな。いいホシでもパクったか？」

「お前、今まで何してたんだ！」

城島が怒鳴りつける。

「何をって、被害者の家に向かおうとしたら特殊の連中が家に入るって聞いたから、途中で打ち切ったんですよ」

「署に戻って来いって指示しただろ！」

「どうせ捜査一課様が出張ってきて仕切ったんだろうから俺の出番はないでしょ。ホシが割れたんですか？　良かったじゃない」

加藤はニヤニヤしながら若手が煎れてくれたコーヒーに口を付ける。

「お前この！」

佐伯は城島の言葉を遮った。

「加藤係長、君は強行犯捜査係長としての自覚に欠け職務を放棄した。勤務規律違反だ。始末書を持ってこい」

加藤は口からコーヒーを吹き出した。

「始末書？　冗談だろ？　なんで俺が始末書なんだよ。言われたことをやっただけじゃないか」

「お前、警官としてあの女の子がどうなったか気にならなかったのか？　組織が事件を念頭に置いて動き出しているのに、お前はなぜ自ら指揮系統に入らないんだ。お前は強行犯捜査係長として失格だ。女の子の命よりも大事なことがあったのか？　そんなもんあるわけがない。ゴタゴタ言わずに始末書持ってこい。なんなら辞職願でもいいぞ」

「何を偉そうに。警務畑の坊ちゃんが」

加藤はコーヒーを一気に飲み干すと、自席を立ってどこかへ消えて行った。

「加藤どこへ行く！　ちょっと待て！」

「ほっとけ。今はホシの逮捕が先決だ」

佐伯は追いかけようとする城島を制止し、ホシ捕りの算段をし始めた。

こうして午前九時、城島ら四名が被疑者宅を急襲し、被疑者を逮捕した。発生してから検挙まであっという間のスピード解決だった。

＊

「課長、事件解決おめでとう。刑事部長からも課長の事件指揮が的確だったとお褒めの電話をもらったよ」

「ありがとうございます。女の子を無事保護することができて本当に良かったです」

「これで刑事の連中も課長に一目置くんじゃないか？」

「そうであればいいんですが」

署長室で木下と佐伯は笑った。

「ところで署長、ひとつ懸念事項がございまして」

「なんだ？」

「強行犯係の加藤係長の件ですが、今回の事件で指揮系統に入るのを拒みまして、全く捜査に加わらなかったのです」

「加藤か。昔堅気のデカだからな。手柄を課長に持って行かれたんで悔しいんだろう」

「そういう問題ではありません。強行犯捜査係長たる者があのようなことでは士気が下がりますし、若手にも悪い影響しか与えません。各署で刑事課の改革が進んでいる中、うちにとって彼は必ず改革の障害となります」

「課長はどうしたいんだ?」

「すでに本人には勤務規律違反のかどで始末書を出すよう促しておりますが、これにも全く応じる気配もありません。他の課への異動を進言します」

「いきなり飛ばすのか? それは無理だろう。君も来たばかりなんだし、コミュニケーション不足なんじゃないのか? 酒でも酌み交わしてみて、お互い腹を割って話をしてみたらどうだ?」

「酒なんか飲んでも何も変わりません。今すぐ手を打たないと何か大きなことが起きそうでなりません」

「そこまで言うなら、副署長と面談をさせよう。私がやってもいいが、いきなり私が出て行ったら加藤も辛いだろう。副署長面談をして様子を見る。これでどうだ?」

「正直申し上げますが、副署長と面談しても、たとえ署長と面談しても彼は変わりません。私は他課への異動を強く進言します」

「まあ待て。まずは副署長面談をして、それでもまた命令無視をするなら異動を検討すればいいじゃないか。加藤の言い分も聞いてやらんと不公平になるしな。加藤は今日いるんだろ? 早速加藤と面談するよう副署長には話しておく」

「わかりました」

佐伯は木下に頭を下げ、署長室を後にした。

署長も結局は事なかれ主義か。指揮系統の乱れは組織の乱れにつながるっていうのに、誰もわかってない。

佐伯は怒りが込み上げてきた。

佐伯が刑事課に戻ると、加藤を中心に何かの話題で盛り上がっていた。

「係長、副署長から呼び出しなんて、何かしたんですか？」

「なんもしてねえよ。きっと昇給の話だろ。もしくは本部へのご栄転の話とか？　本部も見る目があるねえ」

「係長が本部ですか？　係長の上司は大変だ。言うこと聞かないから」

「そもそも言うこと聞かない人は本部には行けないでしょ？　うちの課長みたいにイエスマンじゃないと」

加藤の周りで笑いが起きる。

「じゃあ行ってくるわ。昇給したら今日はおごりだ」

加藤は捜査員に手を振り部屋を出ようとした時、佐伯とすれ違った。

「副署長から呼び出しだ。何だろうなあ。課長さん、何か知らねえか？」

「お前が一番知ってるんじゃないのか？」

「ふん。やっぱりあんたか。このチクリ野郎が」

加藤はそう吐き捨てて副署長席に向かった。

加藤が呼び出されてから三〇分が経ち、佐伯も他の刑事達も加藤の身に何が起こっているのか気にしだしていた。すると加藤が顔にうすら笑いを浮かべて刑事課に戻ってきた。その後すぐに課長席の電話が鳴った。

「はい佐伯です。はい、わかりました」

署長から至急来るようにとの呼び出しで佐伯は署長室へと向かった。

「佐伯です。入ります」

署長室に入ると、木下の他に副署長の三橋も同席していた。

「今副署長が加藤との面談を終えたんだが、課長の方で、加藤に対して何かキツく当たったりはしてないか?」

「それはどういうことですか?」

「これはあくまでも向こうの言い分だから気を悪くしないでほしいんだが、向こうは課長からパワハラを受けたと言っているんだ」

「パワハラ? 私がですか? 冗談じゃない、パワハラを受けたのは私の方ですよ」

「まあ落ち着け。向こうの言い分もちゃんと検証しないとならん。向こうはな、課長に言われたことを詳細にメモで残していてな。それを見せてもらったんだよな、副署長?」

「はい、本人は課長から辞職届を持ってこいって言われたと」

やられた。完全に加藤の術中にはまった。俺が署長にタレこむのを想定して奴はしっかり準備していたんだ。

「課長、加藤は私や副署長立ち会いで課長と話をしたいと言ってきている。課長とのわだかまりを取りたいと」

「私にわだかまりなどありません。私が思うのは、上司の命令を遵守するか、組織にとってふさわしい人物かどうか、ただそれだけです。彼はそのどちらにも当てはまりません。そもそもなぜ署長や副署長の立ち会いが必要なんです？　私とサシで話をすれば済むことじゃないですか」

「それもそうだが、向こうは課長と力を合わせて課を盛り上げていきたいって言ってるんだよ。課長も少しは歩み寄ったらどうだ？」

三橋が木下の顔色を窺いながら話す。

副署長も奴の言いなりか。ここで何を言っても無駄だ。

「わかりました」

「課長、君にはまだ将来があるんだから、ここでゴタゴタしてもしょうがないだろう。下手な意地を張らずに加藤と早く和解して、二人で力を合わせて課を盛り上げてくれ。副署長、こういうことは早い方がいい。早速これから段取りを組んでくれ」

「了解しました」

三橋が木下に頭を下げた。

「課長は連絡があるまで自席で待機していてくれ」

「承知しました」

佐伯は木下と三橋に一礼をして署長室をあとにした。

加藤の野郎、俺が署長の前で言いたいことを言えないのをわかっていての仕業か。この借りはきっちり返すから覚悟しとけ。

佐伯は歯軋りしながら刑事課へと戻って行った。

その日の夕方、署長室において佐伯と加藤との話し合いが行われ、その結果、加藤は今後上司からの命令を遵守すること、また佐伯は部下に対する態度言動を改めることを約束し、その話し合いはお開きとなった。やくざでいう「手打ち」だ。

佐伯、加藤はともに木下、三橋に頭を下げ、署長室をあとにした。

二人はエレベーターに乗り、終始無言だったが、四階の刑事課でエレベーターが停まった時、加藤が口を開いた。

「課長さんよ。あんたは一年とここにいないんだから大人しくしてなよ。もうあんたの言うことは誰も聞かねえよ。俺を売ったことはみんな承知だ。あんたは終わりだ」

そう言うと加藤は口笛を吹きながら刑事課に戻っていった。

「どっちが終わりか教えてやるよ。組織をなめんなよ」

佐伯が加藤の後ろから言葉を浴びせると、加藤は振り向きもせず、佐伯に向かって手を振り刑事課に入って行った。

＊

加藤との手打ちから一カ月が経ったが、加藤は相変わらず佐伯からの指示命令に対していちいち難癖をつけ、体制批判や佐伯に対する不平不満を陰でぶちまけていた。

「おはようございます。佐伯です」

「ああ、朝からすまないね。今大丈夫か？」

「はい、大丈夫ですが、どうしました？」

「いやいや、木下君から聞いたよ。君がそこの刑事相手に苦戦しているってな」

「はい、奴には手を焼いております」

「そうか。ところでな、そこに有田っていう女性警察官がいるだろ」

「有田？　ああ、地域課にいる新人の有田ですか？」

「そうだ。彼女、国家一種に受かっていたんだが、刑事になりたくてキャリアの道を捨てて警官になったみたいだ。あの子の親父さんと知り合いでな」

「そんなに優秀な人が刑事ですか。刑事のどこがいいんですかね」

「まあ、人それぞれだからな。そこでだ、この有田君を刑事課に入れてみたらどうだ?」

「有田をですか? うちの署に来てまだ一年も経ってないのに、いきなりはどうかと思いますが」

「実務経験のことか? そこは君が鍛えればいい話だよ。彼女を刑事課に入れる理由は他にもあるぞ」

「他にも、ですか」

「ああ、正直言って、今の君には味方がいないだろ? 自由に使える駒が。彼女をうまく使ってみたらどうだ?」

「そういうことですか。確かに味方はいませんが、下手な奴が味方にいても足手まといになるだけです」

「まあそう言うな。彼女の親父さんな、娘さんが警官としてやっていけるのかとても心配していてな。佐伯君の下であれば私も太鼓判を押して親父さんを安心させてやれるんだがな。どう使うかは君次第だ。検討してみてくれないか」

「承知しました。では早速地域課長に根回しをしておきます」

「そんなものはいらないよ。私が署長に一本電話を入れておくから。頼んだぞ」

「わかりました」

佐伯は電話を切った。

角田の「検討してくれ」は検討ではない。命令だ。佐伯は早速有田里香の身上記録を確認することにした。

角田の電話から二日後、佐伯は直接有田を呼び出して個別面談を行った。

「失礼します」

有田が応接室に入ってきた。

「有田さん、非番で疲れているところ悪いね。そこに座ってくれ」

「はい」

有田は緊張した面持ちで席に着いた。

「そんなに緊張しなくていいよ。今日はね、君と少し話がしたくてね。時間大丈夫か？」

「はい、今日はもう上がりですから大丈夫です」

「たいした話じゃないんだが、有田さんは刑事希望なんだって？」

「はい！　刑事になりたくて警察官になりました」

有田の眼が輝きだした。

「そうか、それはありがたい。君みたいな人が刑事課に来てくれれば私も嬉しいよ」

「はい！　これからもっと力を付けて一日でも早く刑事課に呼んでもらえるよう頑張ります！」

有田は佐伯に向かって頭を下げる。

「そうだな。でもな、力を付けるのはうちに来てからでもできるぞ。実務能力は現場で場数を踏むのが一番だ」

「はあ」

「どうだ、来月からうちの課に来るか？」

「えっ？　来月ですか？　あと二週間後じゃないですか」

「そうだ、二週間後だ。君が望むならそうしてあげてもいい」

「ホントですか！　とても嬉しいです！　ですけど、あたしはまだ着任して一年も経ってないのに、大丈夫なんでしょうか」

「君はそんなこと心配しなくていい。やるのかやらないのかを聞いている」

「やります！　あたし頑張りますのでよろしくお願いします！」

有田は立ち上がって佐伯に礼をした。

「まあ座って。よし、では決まりだ。そこで君にもうひとつ頼みがあるんだ」

「はい、何でもおっしゃってください。あたしで出来ることなら何でも」

有田は座り直すと姿勢を正して佐伯からの言葉を待った。

「実はね、私はうちの課を変えたいと思っているんだ。その手助けをお願いできないかと思ってね」

「課を変える、ですか。もちろん課長のお願いなら手伝いはしますが、一体どんなことをすればいいんですか？　あたしに出来ることならいいんですが」

「大丈夫だよ。そんなに難しいことではないんだ。君にやってもらいたいことは、普段の勤務を通じてうちの課員の情報を集めてもらいたいんだ」

「情報ですか。それならあたしにも出来そうですが、どんな情報を集めればいいんです？　事件のこととかですか？」

「事件のことは黙っていても報告が上がってくるから必要ない。私が知りたいのは、うちの課員が陰で何を言っているのか、また何をしているのか、だ。君は新人だし女性だから奴らも警戒せずに何でも話すだろうから、情報を入手しやすい」

有田は表情を硬くした。

「それって、あたしにスパイみたいなことをしろっていうことですか？　課長の悪口を言ってる人を教えろということですか」

この子はさすがに頭が切れるな。国家一種に受かるだけのことはある。

佐伯は有田が警戒しないように笑みを浮かべながら説明する。

「そうじゃない。私はただね、彼らの本当の気持ちを把握して業務に反映させたいだけなんだ。風通しの良い職場を作るためにも彼らの本音が知りたいんだ。私に向かって表立って文句を言う者はいないからね」

「そうですよね。そういうことならわかりました。あたしが見たこと聞いたことの全てを課長に報告します」

有田の表情から硬さが取れ、警戒心が薄れていった。

「ではよろしく頼むよ。来週の着任準備は私の方で進めておくから、今の仕事はきっちり片付けておいてくれ」

「はい！　よろしくお願いします！」

佐伯は立ち上がり、有田に手を差し伸べ握手を交わした。

有田が応接室を出ようとした時、佐伯が後ろから声をかけた。

「有田さん、今日の夜は何か予定が入っているか？」

「いえ、今日は何もありませんが」

「そうか。じゃあ、もし良かったら一緒に食事でもどうだ？　刑事課着任の前祝いとして」

「本当ですか？　嬉しいです！　よろしくお願いします！」

有田は満面の笑みで答えた。

「よし。まずは帰宅したらしっかり休んでな。非番は寝ないと体にこたえる。場所はあとで連絡するから携帯の番号を教えてもらえるかな。私も事件が入ると行けなくなるから」

「はい、ちょっと待ってください」

有田は携帯を取り出し佐伯に番号を教えた。

「じゃあ、あとで。楽しみにしているよ」

佐伯はそう言うと、頭を下げる有田を後にして応接室を出た。

とりあえずゼウスの言う通り彼女を使ってみるか。佐伯は有田から聞いた番号を「S」として登録した。


「では有田さん、刑事課着任を祝って乾杯」

「ありがとうございます」

二人はワイングラスを軽く合わせる。すると有田はそのワインを一気に飲み干した。

「おいおい、今日は非番なんだしあまり無理するなよ。でもこのワイン、いけるだろ？　この店一番のおすすめなんだ」

「ホント、このワイン美味しいですね！　一気に飲んじゃった」

有田はワイングラスを置き、下をペロッと出した。

「ここはワインだけじゃなく食べ物も美味しいんだよ。おすすめのパスタも頼んどいたからそれも食べてくれ。ほら、ワインもどうぞ」

「はい、ありがとうございます」

佐伯は有田のグラスにワインを注ぐ。

「課長、聞いていいですか？　課長は刑事課を希望したんですか？　噂だと、課長は警務部一筋の人だとか」

「警務部一筋なんて、なんかカッコ悪いな。この配置は上層部のご意向だよ。捜査経験のない幹部に刑事を経験させるための施策だ。自分に刑事課長なんか務まるのかどうか不安だけどね」

「そうなんですか。なんか課長って大変ですね。でも課長なら何でもできそうだから心配いりませんよ」

「そう言ってもらえると嬉しいね。来たぞ、このパスタも美味しい」

佐伯は店員が持ってきたパスタを有田の取り皿にとってあげた。

「ホント美味しそう！　いただきます」

有田は早速パスタを口にする。

「そう言えば、有田さんの親父さんは警察庁勤務のキャリアなんだって？　親父さんは君が同じキャリアの道に進んでほしかったんじゃないのか？」

「はい、でもあたしはどうしても刑事になりたくて。今は父も応援してくれています」

「そうか、それは良かったな」

有田は取り皿のパスタをぺろりと平らげ、二杯目のワインも飲み干した。

「いい飲みっぷりだな」

「はい、段々調子が出てきました」

佐伯は苦笑しながら有田のグラスにワインを注ぐ。

「課長、今日の話のことなんですが、具体的には課長はどのように刑事課を変えようと思っているんですか？」

有田はワインを一気に飲んだせいで顔が真っ赤になっていた。

「刑事はね、今の時代に乗り遅れていると思うんだ。この科学捜査全盛の時代に、未だそれに馴染めない刑事がいる。しかも命令を無視したり個人プレーにすぐ走る。上司に楯突くことが格好いいなんて思っている輩までいる。こんなんじゃ、刑事はいずれ滅びる。状況に応じて常に進化していかないと」

有田はびっくりした様子で佐伯を見つめた。

「いや失敬。失言が多かったか。次代を担う若者のためにも我々には責任があるんだよ」

「課長って、みかけによらず熱い人なんですね」

「なんだよ、みかけによらずってのは」

「そんな変な意味じゃありませんよ。なんか課長って素敵な人だなって。課長の下で仕事ができて光栄です」

「そうか？　なら良かった」

二人は笑ってそれぞれのワインを口にする。

「課長、刑事課に命令を無視したりする人いるんですか？」

「ああ、いるよ。沢山いる。君もわかっているだろうけど、うちは組織だ。組織にとって指揮命令系統は命だ。それを守れない者はもはや警官ではない」

「そうですね。それは良くないですよ」

「だから私はそういう者を排除し今以上に強い組織にしたい。我々の敵は今や組織力で犯行を繰り返す強敵だ。我々もこの組織力を武器にして対抗しないとならない」

「はい」

「その為に君が必要なんだ。協力してくれるね？」

「もちろんです。課長の気持ち、よくわかりました。だからあたしは課長と一緒に刑事課を変えていきます！」

有田は三杯目のワインを飲み干し、佐伯に向かって敬礼したが、その目はトロンとして体はゆらゆらと揺れている。酩酊を通り越して泥酔状態に近い状態だ。そろそろお開きにするか。

「そろそろいい時間だな。有田君もかなり酔ってきているようだから帰るか？」

「あたしまだ全然大丈夫ですけど？　でも課長が帰れって言うのならそうしますよ」

「とりあえず会計を済ませてくるから、ここで座って待ってて。水でも飲んで」

佐伯は有田に水を飲ませた。

「課長！　ご馳走様です！」

有田はフラフラしながら立ち上がって敬礼した。

「ほら、いいから座って」

佐伯は素早く会計を済まし、有田を抱え込んで店を出た。

「これじゃ電車は無理だからタクシーに乗ろう。家のそばで降ろすから住所を教えてくれ」

「大丈夫ですよ。一人で帰れます」

「いいから、タクシー来たから早く乗れ」

目の前に止まったタクシーに有田を押し込み自分も乗り込んだ。

有田は運転手に自宅の住所を教えると、佐伯の肩に自分の頭を乗せ、寝入ってしまった。

「全く。飲み過ぎなんだよ」

佐伯は苦笑しながら有田の寝顔をずっと眺めていた。

三〇分位して有田の自宅に着き、有田を起こした。

「有田君、着いたぞ。降りるよ」

「う〜ん、眠たいんですけど〜」

そう言いながら有田は頭を上げ、タクシーから降りた。

「運転手さん、ちょっとここで待っていてください」

そう言うと、佐伯は有田を支えながら自宅前まで付き添った。

「ここがあたしの家で〜す」

有田はバッグから鍵を取り出した。

「じゃあ、私はここで。明日はゆっくり休んでな」

佐伯がタクシーに戻ろうとすると、有田が呼び止めた。

「課長、ちょっと寄っていきます？　お茶くらいなら出しますよ」

「ああ、しかしもう遅いからな。明日に備えて今日は帰るよ。また今度な」

「わかりました！　じゃあ今度課長が来る時までには部屋を綺麗にしておきますね。おやすみなさい。今日はありがとうございました！」

有田は佐伯に向かって敬礼し、部屋に入って行った。

有田里香。素直でいい子だ。

フッと息をついた佐伯は待たせていたタクシーに乗り込んだ。

*

「失礼します。本日付けで強行犯捜査係を拝命しました有田です。右も左もわかりませんが、一生懸命頑張りますのでご指導よろしくお願いします」

有田は課員の前で頭を下げ、着任の挨拶を行った。

「じゃあ加藤係長、よろしく頼むぞ」

佐伯は加藤に声をかけたが、加藤は我関せずでパソコンをいじくっていた。

「有田さんよろしく。ここの机使っていいよ。わからないことあったら何でも聞いて」

係員の手塚が笑顔で迎え入れた。

「ありがとうございます」

有田は頭を下げ、与えられた机の上に荷物を出し始めると、それを見た加藤がパソコンを閉じて立ち上がった。

「手塚、裏付け行ってくるわ」

「了解です。ああ、せっかくだから有田さんも連れて行ってあげたらどうです?」

「そんな来たばっかりの素人を連れて行ったら捜査になんねえだろ。そいつにはお茶くみでもさせとけ」

加藤はしかめ面をして部屋を出て行った。

「相変わらずひどい言い草だな。有田さん、気にしないでいいからね。係長は照れてるだけだから」

手塚がフォローを入れる。

「はい、申し訳ありません」

「有田君、ちょっと」

下を向き肩を落としている有田を見るに見かねて佐伯が自席に呼びつけた。

「はい課長」

「気にするな。君は私が守ってあげるから安心して仕事に邁進してくれ」

「はい！　頑張ります！」

有田の表情に明るさが戻った。

＊

「課長、今月の刑事課員の残業時間です。ご確認願います」

警務係員が佐伯に残業時間の集計表を渡す。

「なんだこれは。補佐、ちょっと来てくれ」

佐伯は城島を呼びつけて集計表をみせた。

「これが何か？」

「何かじゃないだろ。見てみろ、強行犯係の残業時間を。加藤は九五時間、他の係員も八〇時間を超えているじゃないか」

「いや〜、強行は色々と忙しいですから仕方がないのではないでしょうか」

「忙しい？　今ホシを一本も持ってないじゃないか。殺人事件の捜査本部にでも従事している気分でいるんじゃないのか？」

「しかし課長、みんな一生懸命やっているのに私の口から残業時間を抑えろとは言えませんよ」

「そうだろうな。お前も残業手当もらっているからな。では仕方がない。強行犯係員に、これだけ残業して成果を上げたという説明資料を私に提出するよう指示しておけ。私が納得しない限り、来月は残業時間ゼロにする」

「ちょっ、ちょっとそれは厳しいのでは」

「だから説明資料を提出しろって言ってるだろ？　そもそも残業してもいいと許可するのはこの私だぞ？　みんなナアナアで適当に残業時間つけてるようだが、私は残業を許可した覚えはない」

「はい、わかりました。では早速強行にはそのように指示をします」

城島は佐伯に頭を下げ、自席に戻った。

この馬鹿は何を血迷っているんだ。私の口から言えない？　そこを言うのがお前の仕事だろうが。

佐伯はため息をつき、席に座った。

その日の夕方、佐伯は署内会議から戻り自席に戻ると、加藤以下、強行犯の捜査員が課長席に集まってきた。

「課長、俺達の残業時間を削ろうとしていると補佐から聞いたけど、なんでそんなことするんですか？」

加藤が佐伯を睨みつける。

「削る？　削るんじゃなくて、君達の残業時間を検証するんだ。他の係から比べると君達の残業時間がずば抜けている。だから強行犯係が今どんな事件を抱えていて、進捗状況はどうなのかを知りたい」

「何言ってんだよ。どうせ、副署長あたりから残業時間を減らせって言われたんでしょ？　課長は本当に上に弱いな」

加藤は部下の顔を見渡し、それに呼応して刑事達がうすら笑いを浮かべた。

「ここで押し問答をしていても埒が明かない。残業時間で何を扱っていたのかその証を持ってきてくれ。それで判断する」

佐伯は席に座ると、加藤が刑事課にいる捜査員に向かって騒ぎ出した。

「おいみんな！　うちの課長が残業するなってよ！　わかったよ、今後一切残業しないよ。定時キッカリに帰ってやるよ。でも困るのはあんただ。何が起きてもしらねえからな！」

「誰が残業するなって言った！」

佐伯が反論したが加藤は聞く耳を持たず、部下とともに自席に戻った。

「おっ、もうすぐ退庁時間だ。みんな、帰るぞ！」

加藤以下強行犯係の刑事達は自席に戻ると次々とパソコンの電源を落とし、退庁準備をし始めた。

「加藤係長！　まだ話は終わってない、こっちにこい！」

「何キレてんだよ。こっちは退庁準備で忙しいんだから話があるならそっちから来いよ」

「なんだと！」

佐伯は席を立ったが、ぐっとこらえて再び席に座り直した。それを見た加藤が笑った。

「なんだ、根性ねぇな。でも仕方がねえか。しょせんは警務畑だしな。じゃ課長、お先」

そう言うと加藤は係の者を引き連れて刑事課を出て行った。

その加藤らと入れ替わりに城島が刑事課に入ってきた。

「おっ、奴ら今日は早いな。残業時間抑制の指示が効いたようですね」

佐伯に声をかける。

「ああ、そうみたいだな」

佐伯の憮然とした表情を見て、城島が恐る恐る佐伯に尋ねた。

「課長、何かありましたか?」

「いいや。だがこれでよくわかった。奴に歩み寄りなんかないってことがな」

佐伯はすっかり冷静さを取り戻し、城島の肩をポンと叩くと、笑みを漏らした。

＊

その日の刑事課は朝から騒然としていた。

「おはよう。みんな朝からどうした？」

佐伯が皆に声をかけると、有田が一番に掛け寄って来た。

「課長！　あの南署管内で発生した連続強盗事件の容疑者が浮上したんです！」

「ほう、それは良かった。で、南署はもうホシをパクったのか？」

「それが」

「それがですね課長、このホシを有田さんが割りつけたんですよ！」

横から手塚が口を挟む。

「本当か？　それは凄いじゃないか。どうやってホシを割ったんだ？」

「はい、南署とうちの署は隣接じゃないですか。だから被疑者が犯行現場からうちの管内に逃走したんじゃないかと思って署境の防犯カメラを当たってみたら、犯行当時の被疑者の服装に似た男がいまして」

「それでその画像を基に過去の犯罪者を洗ってみたら容疑者が浮上したんですよ」

また手塚が口を挟む。

「時間的には合うのか？」

「はい、犯行時刻と合わせてみても、この男が被疑者で間違いありません」

有田が答える。

「ということは、ホシはうちの管内に居住しているってことか？」

「今、この容疑者の住居を洗っているところですが、こいつがホシで決まりです」

手塚が得意げに語る。

「よくやった！　では捜査一課に報告して体制を組むぞ。連続強盗事件となると一課が黙っていない。加藤係長！　一課に報告して捜査本部の立ち上げを依頼してくれ。私は署長に報告してくる」

佐伯が加藤に声をかけたが、加藤はデスクに座ったまま腕を組んで微動だにしなかった。

「加藤係長！　聞いているのか！」

「聞いてるよ。朝からギャアギャアうるせえな。まだこいつがホシと決まったわけじゃねぇんだから、そんなに色めき立つことねぇだろうが」

加藤は佐伯の顔を見ようともしない。

「ホシかどうかはこれから裏付け捜査をやればわかることだ。それこそお前の仕事だろ。いいから一課には連絡しておけ。わかったな！」

「ったく、そんなに本部に媚を売ってまで手柄が欲しいのかね」

加藤は立ち上がって刑事課を出て行った。

「課長、大丈夫ですよ。加藤はああ見えても仕事はきっちりやる男ですから」

城島が加藤をフォローする。

「そうだといいがな。容疑者の住居確認と各種照会を至急だ。被害者は確かホシの顔を見ているはずだから、容疑者の写真があれば被害者に見せて確認させろ」

「了解。課長、南署には連絡しますか？」

「いや、捜査本部が立ち上がれば南署も参加することになるだろうから、まずは一課が来てからだ。うちらはできることは全部やっておこう」

「了解」

城島は佐伯の指示を受け、早速刑事達を集めて任務付与を始めた。

佐伯は有田を呼びつけた。

「有田君」

「はい」

「よくやった。私もとても嬉しいよ。無事にホシをパクったらお祝いしような」

佐伯は有田の耳元で囁いた。

「はい！」

有田は満面の笑顔で自席に戻って行った。

その後の捜査で、容疑者の住居、氏名が判明し、また聞き込みの結果、この容疑者がギャンブルで借金を作りサラ金に手を出していたことも判明した。時間は午後七時を回っていた。

「課長、これで容疑は固まりましたね」

「ああ、写真は入手できたか?」

「はい。今、被害者に見せるために準備をしております」

「よし。あとは一課待ちか。加藤係長、一課は何と言ってきている?」

「ああ、一課さんは明日じゃないと来れないってよ。それまで逮捕状の請求は待てだと。所轄をなめやがって」

「仕方がない。では明日一課が来るまでは待機だ。ホシの動きはどうだ?」

「はい、ホシの家に張りついている刑事からの一報では、室内は電気がついているのでホシは室内にいるとのことです」

「わかった。では張り付いている刑事はそのまま続行させておくとして、他の者は明日に備えて早めに仕事を切り上げて帰ってくれ。補佐、現場にいる刑事には何かあったら報告するよう指示しておいてくれ」

「了解」

城島は頷いた。

その後佐伯は、逮捕状請求書類に目を通したあと、午後八時過ぎに署を出た。

次の日の朝、佐伯は少し早めに署に出勤すると、署の前にはマスコミが殺到していた。

「これはどういうことだ」

佐伯は階段を駆け上がり急いで刑事課に入ると、加藤が取調室で誰かを取り調べているのが目に入った。

「あれは誰を調べている」

佐伯は近くにいた刑事を捕まえて詰問した。

「私も今来たばかりなんですが、なんか加藤係長が例の強盗の容疑者を逮捕したようでして」

「逮捕だと！　手塚！」

佐伯は大声で取調べの立会いをしていた手塚を呼びつけた。

「課長、おはようございます。ホシは全面自供ですよ」

「お前達、誰の許可を得て逮捕状を請求したんだ？」

「許可って、課長じゃないんですか？　加藤係長から聞きましたよ。課長からホシをパクれって指示が来たから、これから署に戻り逮捕状を請求するぞって。一課が来るまで待った方がいいんじゃないですかって言ったんですけど、課長の指示だからやるしかないって。夜中に被害者を叩き起こして容疑者の写真見てもらったりして、大変だったんですよ。こんなことして大丈夫なんですかね。一課さん怒りませんかね？」

手塚は眠い目をこすりながら言った。

「加藤の野郎」

佐伯は全身を震わせて取調室に近付いた。すると加藤は供述調書を作成している最中だった。

佐伯の言葉に反応せず、加藤は淡々と被疑者とのやりとりを供述調書にまとめていく。

「加藤！　今すぐ取調べを中断しろ！」

あまりの大声に被疑者がビクついた。

「そんな大声出したらホシがビビるじゃねぇか。課長さんよ、こっちはホシの調べをやってる最中なんだ。邪魔しないでくれ」

「いいから今すぐ調べを中断しろ！」

佐伯は取調室の中に入ろうとしたが、加藤に立ち塞がれた。

「この部屋はな、おめぇみたいな奴が入れる部屋じゃねぇんだよ。調べ室はホシとデカとの戦いの場だ。神聖な場所なんだよ。おめぇが調べ室に入ろうなんざ、百万年早ぇんだよ！」

加藤に恫喝された佐伯はひるんでしまい、取調室の中に足を踏み入れることができなくなった。

「課長！　どうしました！」

出勤した城島が佐伯の背後から声をかけた。

「見ての通りだ。私は署長に報告してくる」

佐伯は足取り重く、刑事課をあとにした。

午前八時半を回り、捜査一課強盗班担当管理官以下四名が署に到着した。

「管理官、おはようございます。刑事課長の佐伯です」

「管理官の大石です。よろしく。ところで課長、署の前にマスコミがいたけど、何か事件が入ったの？」

「いえ、それがその」

「忙しそうだね。じゃあ早速、例の事件についての進捗状況を教えてもらおうか。容疑者の裏はとれた？」

佐伯が声を出そうとしたその時、加藤が取調室から声を上げた。

「手塚！　ホシを留置場に入れるぞ！」

「ん？　あのホシは？」

大石が反応し佐伯の顔を見た。

「それがその管理官、あれは例の強盗事件のホシなんです」

「強盗事件のホシって、逮捕状の請求は待てと指示をしたはずだが？　一体どういうことなんだ？」

大石が佐伯を睨んだ。

「申し訳ありません。現場に張り付いていた刑事からホシが家を出るという一報が入りまして、そのまま逃走されてはと思い、やむを得ずホシを任意同行しました」

「それならそれで、任意同行したあとでなぜ一課に報告しないんだ。うちらが今日来るのはわかっていたはずだ。一課に事件指揮のお伺いを立てておいてこれとは、うちらを馬鹿にしてるのか？」

大石は怒りを露わにした。

するとその時、加藤が取調室から出て来た。

「課長！　ホシは完落ちだ！　しびれるね〜」

そう言いながら加藤は手塚に被疑者を引き渡したあと、刑事課を出て行った。

「そういうことなら、うちらにもう用はないな。帰らせてもらう」

「管理官、お待ちください。今後の捜査方針の指示を」

「そんなものは要らんだろ。所轄で勝手にやれば」

そう言うと大石は、部下とともに早々に刑事課を出て行った。

佐伯は去っていく大石の背中を見つめながら頭を下げた。

「課長、マズイですよ。一課を敵に回すと今後の仕事がやりにくく」

「そんなのわかってる！」

佐伯は城島の言葉を遮り大声を張り上げた。

「とりあえずはホシを送検するまで加藤に調べをさせろ。その後は考える」

佐伯は自席に戻ったあと、腰を下ろして頭を抱えた。

その二日後、佐伯は被疑者を送検した旨の報告をしに署長室に足を運んだ。

「署長、入ります。佐伯です」

「入れ」

佐伯は署長室に入ると、木下は報告書類に目を通していた。

「署長、無事に被疑者を本日送検しました。事実関係も認めておりますし、起訴は確実かと」

「一課長から電話が入ってな。今回の一連の動きに対してのお叱りを受けたよ」

木下は書類から目を上げずに声を発した。

「申し訳ありません。あれは加藤が勝手にしたことで」

「課長な、部下が勝手にしたことであっても全責任は課の長たる君が負うんだよ。それくらいはわかっていると思ったんだがな」

「はい、重々承知しております」

「加藤とはまだ意思疎通ができていないようだな。刑事課長たるもの、加藤みたいな昔堅気の刑事を使いこなさないと。加藤は優秀な刑事だ。それは理解しているな?」

「はい」

「ならいい。加藤の暴走を止められなかったのは課長の責任でもある。だから加藤ばかりを責めないようにな」

「わかりました」

「そうは言っても、被疑者を逮捕したのは良かった。起訴になるまではしっかり捜査をするように」

「承知しました」

佐伯は木下に深々と頭を下げ、署長室をあとにした。

「課長、署長は何と？」

佐伯が刑事課に戻るとすぐに城島が寄って来た。

「ああ、一課長からお叱りを受けたって言ってたよ。こうなると今後は一課の支援は受けられそうもないな」

「はい。何とも申し訳ありません」

城島が頭を下げた。

「加藤は？」

「ホシの供述の裏を取りにあっちこっち飛び回ってますよ。全く、あいつは腕はいいんですがね。呼びますか？」

「いや。署長から加藤を責めるなと釘を刺されたから好きなようにさせておけ。だがな、好き勝手できるのも今のうちだ。いずれ奴はこの組織から消えて行く」

「課長、何を考えているんですか？」

城島が不安そうな顔で佐伯を見つめた。

「別に。補佐は余計なことは考えずにこのホシを起訴に追い込むために全力を尽くしてくれ」

「了解しました」

城島は足早に佐伯から離れて行った。

あのクソ野郎が。せいぜい今のうちに楽しんでおくんだな。もう二度と、ホシの調べなどできないようにしてやる。

＊

県警本部大会議室において、警察署の刑事課長が集められ、角田に対する定期報告会が行われた。

「みんなどうだ？　改革は進んでいるかな？　組織改編に向けて、真に必要な刑事の選別をするということは、裏を返せば不適格者を排除するということだが、どうだ、卯月君のところは？」

「はい本部長、選別については順調に進んでおりますが、当署にありましては、被疑者の取調べ時における不適正事案や、上司からの指示命令無視、職務怠慢等の規律違反が発覚いたしまして、いずれの者についても懲戒処分により職を辞しております」

「ふむ。組織の方針に従えない者はどんどん処分して排除してくれ。そうすることで真に組織に必要な者が見えてくる」

「はい、承知しました」

「奈良橋君のところはどうだ？　資料を見るとかなり改革が進んでいるようだが、何か施策はあるのか？」

「はい本部長、うちは課の中にSを置いておりますので、ここから上がってくる情報を基に選別を進めております」

「なるほどSか。しかしそうは言っても連中はそうそう仲間を売らないだろ？　どうやって手なずけたんだ？」

「はい、連中に本部異動をチラつかせたらイチコロでした」

「それはいい。引き続きやってくれ。他に何かある者はいるか？　菊地君、女性の視点からどうだ？」

角田に指名された菊地は、栗色のロングヘアをなびかせて立ち上がった。薄化粧だが整った顔立ちに真紅の口紅が女性らしさをアピールしている。赤のワンピースがよく似合い、菊地がつけている品のいい香水が会議室中に漂った。

「君のところも成果が上がっていると聞いているが、なにかいい施策でもあるなら皆に教えてやってくれ」

「うちは実績が全て。努力よりも結果。実績の上がらないものは評価も下げ、給料も下げます。

実績が上がるまで徹底的に指導して追い込みます。いやなら辞めてもらうだけ。私は県民のために当たり前のことをしているだけです」

菊地は笑顔でさらりと答えた。

「いやいやそれは厳しい。私が君の部下ではなくてよかったよ」

「ありがとうございます」

「その調子で引き続き頼むぞ。他に意見はあるか?」

各課長から一通り報告を受けたあと、角田は席上のマイクに顔を近づけた。

「各署、組織改編に向けて順調のようだな。言うまでもなく、我々の目的はひとつ。有能な奴は残し、無能な奴は切る。それによって組織が生まれ変わり、より強靭になる。引き続き改革を進めてくれ。佐伯、お前のところはどうだ?」

各課長が佐伯に注目する。このメンバーの中で、角田から呼び捨てで呼ばれるのは佐伯だけだ。それこそが「ゼウスの一番の息子」である証だ。

「はい、選別については進んでおりますが、不適格者の排除に手間取っております」

「ほう。お前ほどの男が手を焼くとは、奴らもやるな」

「はい、奴らは処分を受けないようギリギリの線で組織に反発しておりますので」

「なるほどな。ところで有田里香はもう刑事課に配置になってるな? どうだ?」

「はい、情報は逐一報告するよう下命したのですが、Sとしてはまだまだかと」

佐伯の報告を受け、角田が菊地に目をやる。

「菊地君、今日このあと何かプライベートの予定でもあるか？　なければこの佐伯に女性の扱い方でも教えてやってくれ」

「承知しました。佐伯課長、よろしく」

菊地は佐伯に向かって微笑んだ。

「ということだ、佐伯。しっかり教えてもらえ。佐伯な、お前の課は実績がトップクラスだが黒い噂も絶えない。だからお前を配置したんだ。お前の所は例の加藤が中心となっている。奴を叩き潰せばあとは簡単だ」

「はい、承知しました」

「よし。ではみんな、所定の方針通り、引き続き改革を進めてくれ。以上」

「気を付け！　角田本部長に礼！」

司会の号令で全員起立し角田に頭を下げる。

角田が退室後、菊地が佐伯に近寄ってきた。

「佐伯さん、今日はいいとこ無しでしたね」

「ああ、正直言ってどん詰まりって感じだ」

「じゃあ今日はガス抜きも兼ねてお付き合い願います」

「こちらこそ、よろしく」

この菊地は新人の時に角田に発掘され、その後メキメキと頭角を現して県警初、史上最年少で刑事課長となった優秀な人材だ。好き嫌いが激しく、誰からも好かれるタイプとは言えないが、神奈川県警の女性警察官達からの羨望の的であることは間違いない。


「佐伯課長の前途を祝して乾杯！」

「いやいや、俺じゃなく菊地課長の前途を祝して、だろ？」

二人はワイングラスを合わせた。

「う〜ん、これは美味い。菊地課長はよくこの店に来るのかい？」

「その菊地課長ってのはやめてくださいよ。他人行儀で嫌だわ」

「ごめん、じゃあ梨沙でいいか？」

「もちろん、それで」

梨沙はワイングラスに口を付ける。

「よく来るどころか、暇さえあればしょっちゅうですよ。今日は佐伯さんのためにこの店で一番美味しいワインを出してもらいましたから」

梨沙が笑顔で答える。

「それはありがたいね。しかし梨沙のところは着々と成果が上がっているみたいだけど、そんなに厳しくやって不満は出ないのか？」

「不満なんかしょっちゅうですよ。そんなことにいちいち耳を貸しません。しょせんは負け犬の遠吠え、悔しかったら実績を上げてみろって感じですよ」

梨沙はワインを何口か飲んだ後、グラスに付いた口紅を指で拭いた。

「たいしたもんだな」

佐伯は拍手するそぶりを見せる。

「佐伯さん、今日の会議で話が出た女性警察官のことだけど、どうなっているんですか?」

「ああ、ゼウスの指示でSにしたんだが、これがなかなかうまくいかなくてな」

「うまくいかないとは?」

菊地は佐伯をのぞきこんだ。

「規律違反を見たり聞いたりしたら報告をするよう指示をしたんだが、いまいち成果が上がらない」

「その子との関係は? うまくいっているの?」

「関係? ただの上司と部下の関係だ。うまくいくもなにもない」

「佐伯さん、なにか勘違いしてません? あたしが聞いたのは、人間関係についてですよ。まずは人間関係をしっかり構築するってこと」

「俺もやれるだけのことはやっている。彼女の望み通り刑事課に入れてやったし、一緒に食事もしている。人間関係は問題ない」

「仕事の方は?」

「やる気はあるがまだ駆け出しだ。仕事は期待していない」

「佐伯さん、あなた全然わかってない。ダメね」

梨沙は笑いながらワイングラスに手を伸ばしてワインを飲み干す。

「ダメって、何がダメなんだよ」

佐伯もワインを飲み干す。

「彼女は自分の意志で刑事を希望するくらいの子なんだから、仕事をしたいの。仕事で成果を上げてあなたに認めてほしいのよ。それを理解しないでどうするのよ」

梨沙は佐伯のグラスにワインを注ぎ、自分のグラスにも注ぐ。

「そんなことはわかっているよ。しかし今の彼女のレベルではいきなり成果を上げるのは無理だ」

「それを何とかするのが佐伯さんの役目でしょ?」

「じゃあ、どうすればいいんだ? 飛ぶ鳥落とす勢いの菊地課長さんに御指南願いたいね」

佐伯は立て続けにワインを飲み干す。

「まあまあ、そんなに慌てないで。せっかくのワインが不味くなりますよ。せっかく二人で飲みに来ているんですから、少しは楽しみましょうよ」

佐伯に向かってウインクをする。

「全く。梨沙にはかなわんな。いい男はできたのか?」

「今その話ですか？　しらけるな～」

梨沙は佐伯の空いたグラスにワインを注ぐ。

「ごめん。その話はいいとして、どうしたらいいんだ？」

「他の刑事達と区別なく仕事を与えて、その都度必要なアドバイスを佐伯さんがするの。でも全部教えてはダメ。彼女に考えさせ、最後まで仕事をやりきらせる。この繰り返し。そして成果を上げた時は思いっきり褒めてあげる。今以上に関係が深まってきっと佐伯さんが求めている情報も手に入るわよ」

「区別なく、か。わかってはいるけど、なかなか難しいんだよな」

佐伯は頭を掻いた。

「彼女は他の男の刑事達と対等な立場で仕事をしたいの。佐伯さんは彼女のその気持ちをきちんと受け止めなきゃ」

「わかったよ。やってみる」

「そう、やってみてください。ところで佐伯さん、彼女はタイプの子ですか？」

梨沙がニヤニヤしながら顔を佐伯に近づける。

「いきなりなんだよ、俺と有田は上司と部下の関係だぞ？　確かに可愛い子ではあるけどな」

佐伯が頬を赤らめた。

「いいじゃない、お互い独身なんだし。でもね、まずは仕事を認めてあげること。これに尽きるの」

「わかったわかった。ご指導ありがとう。参考にするよ。梨沙からのアドバイスの件はゼウスにもちゃんと報告しておく」

「ここらでちゃんと結果を出さないと、ゼウスのことだから、いくらあなたが一番の懐刀でも結果を出せないとヤバいんじゃないかと思って。だって彼の逆鱗に触れて木端微塵になった人、何人も見てるし。何と言っても彼は全能の神、ゼウスだからね」

「心配ご無用。俺はそう簡単には死なんよ。それより梨沙、お前はこの先どうするんだ？　このまま彼に付いて行く気か？」

その言葉を聞いた梨沙は、佐伯に向かってスッと手を伸ばし、佐伯の手を握った。

「どうしようかな。今ね、色々考えているんだけど、こんなのはどうかしら。あなたとあたしで、新しい派閥を立ち上げるっていうのは？」

上目使いで佐伯を見つめる。

「それは非常に興味深い話だな。梨沙がまだ時間大丈夫なら、本件について前向きに検討したいね」

佐伯は梨沙の手を握り返す。

「もちろん、喜んで」

二人は再びワイングラスを合わせ乾杯した。

*

佐伯は部下に対する個別面談と称して有田を呼び出した。

「どうだ、何かいい情報はあるかな?」

「はい、それがあまりないんですよ。課長は署長のいいなりだとか、どうせ課長は腰掛けだからほっとけとか、そんな話しか入ってこないんです。こんなんじゃダメですよね?」

「いや、ダメじゃないよ。部下に私がそう思われているのがよくわかったので、是正できる所は是正する。他には何かあるか? 特に加藤係長についての風評とかはあるか?」

「加藤係長ですか? 聞かないですね。何か周りの人達も係長の話はあえてしないって感じで、気を使っているというか、恐れているというか」

「そうか。わかったありがとう。特に加藤係長の風評については聞いたらすぐに報告してくれ。他に仕事をサボってパチンコをしている者とか、交際費を私用で使っているとか、そういう噂を耳にしたことは?」

「う~ん、聞かないですね。すいません、役に立たなくて」

「いやいや、役に立ってるよ。引き続き頼むよ。ところで今日の夜、君の予定が何もなければ一緒に食事でも行かないか？　君も刑事課に入って色々大変だろ？　ガス抜きでもしようか」

「はい！　今のところ何もないので是非お願いします！」

「わかった、じゃあまたあとでな。メールするよ」

有田は頭を下げ、退室した。

彼女をSとして使うには、やはり時期尚早か。

佐伯は有田の身上記録に目を通しながらつぶやいた。


「課長、このワインも美味しいです！　この前と違う味ですけど、これもお店のお勧めですか？」

「ああ、このワインはここの店長が気に入った客にしか出さない代物なんだよ。君が来ると知って店長の奴、これを出してきたんだ。私もめったに飲めないのに、君は店長に気に入られたな」

「ホントですか？　嬉しい！」

有田は満面の笑顔でワインを飲む。

「どうだ？　刑事課にはもう慣れたか？」

「慣れるもなにも、まだ半人前ですから、仕事を覚えるので頭が一杯ですよ」

「そうか。だが最初は誰もが新人だ。ひとつひとつ、与えられた仕事をこなしていけばいいんだよ」

「はい、頑張ります！」

有田は姿勢を正して頭を下げた。

「ほら、パスタが冷めちゃうから食べよう」

佐伯は有田にパスタを取り分ける。

「美味しそう！　いただきます」

有田は早速食べ始めた。

その姿を見て、佐伯は考えを巡らせた。

有田には俺の本当の目的を話しておくべきなのではないか。話した上で協力してもらう。彼女には誠実でありたいし嘘はつきたくない。

「有田さん、俺がこの署に来た本当の目的が、不正をしている者を摘発することだとしたら、どう思う？」

「えっ？」

有田がパスタを食べる手を止めて、佐伯を見つめる。

「君だけには正直でいたいので話しておく。俺は上司からのある下命を受けて、この署に来た」

「上司からの下命って、署長とかですか？」

有田の表情が固くなる。

「違う。俺をこの署に異動させた人だ。署長すら俺がこの署に来た本当の理由を知らない。近く県警の組織改編が行われる。それに伴って新しい組織に真に必要な者を見極める。これが俺の仕事だ」

「見極めるって、どういうことですか？」

「新しい組織に相応しい者を見極める。不正をせず、組織の指揮命令を遵守し、県民の安全安心のためにのみ全身全霊を傾けられるような者。言ってみれば、君みたいな人を新しい組織に迎えたい」

「そういうことだったんですか。話が大きすぎて少しびっくりしました。でも、まだ使えるかどうかもわからないあたしを新しい組織に迎えたいだなんて、凄く嬉しいです」

有田の表情が和らいだ。

「ただ、うちの課は君みたいな人ばかりではない。組織の規律を乱す者もいれば、不正をしている者もいるかもしれない。そういう輩は新しい組織には必要ない。だから排除するために君に協力を求めた」

佐伯は真剣な表情を崩さなかった。

「でも課長、これはあたしの感じですけど、うちにはそんなに悪い人はいないと思います」

「そうか。君が言うなら、たぶんそうなんだろうな。今の話は忘れてくれ。ちょっと色々と喋りすぎた」

そう言って佐伯はワインを飲み干し、自分のグラスにワインを注いだあと、有田のグラスにもワインを注いだ。すると有田はワインを一口飲んだ後、真剣な表情に変わった。

「課長はどうなっちゃうんですか？　うちの課に排除する人がいない場合は」

「さあ、どうだろうな。俺がここに来た意味がなくなるので、異動だろうな」

佐伯もワインを口にする。

「異動って、そんな簡単に異動させられるんですか？　全員、新しい組織に必要な人達だって報告すればいいじゃないですか」

有田の声に力が入る。

「そうもいかない。現に、加藤のように命令を無視する者もいる。もし俺が新しい組織に全員が必要だと報告しても、上が信じるはずがない」

「そんな。あたし、課長のおかげで刑事になれて、まだ恩返しをひとつもできていないのに、こんな形で別れるのは嫌です。一人前の刑事になるまでそばにいてほしいのに」

有田の目が潤み言葉が震えていた。

「大丈夫、君が一人前の刑事になるまでそばにいてサポートするから、何も心配いらないよ」

佐伯は笑顔を作ってグラスを握っていた有田の手を優しくポンポンと叩いた。

「はい、頑張ります！」

有田は安心した様子でワインを飲みだした。

このあと佐伯と有田は趣味の話やくだらない話をしながら、リラックスしたひと時を過ごしていった。佐伯にとって至福の時間でもあった。

今まで仕事一筋だった佐伯にとって、有田の存在は今や自分にとって特別な存在になりつつあることを肌で感じ取っていた。

「おっと、もうこんな時間か。君と飲んでいるとつい時間を忘れてしまうよ。そろそろお開きにしよう」

「はい、今日はありがとうございました。楽しかったです」

「俺も楽しかった。また食事でもしよう」

そう言って佐伯は立ち上がった。有田も席から立ち上がろうとしたが、腰が砕けてその場にへたり込んでしまった。

「おい！　大丈夫か?」

佐伯が有田に近づき身体を支えた。

「すいません、酔っ払っちゃいました」

有田は舌をペロッと出して笑った。

「この調子じゃ電車では無理だな。タクシーで帰ろう。今、水をもらってくるからここに座って」

佐伯は有田を抱きかかえて椅子に座らせると、店員に水を頼み、タクシーを捕まえに店の外に出て行った。

佐伯がタクシーを店の前に呼びつけて店内に戻ると、有田が席から立ち上がろうとしていたので、佐伯が慌てて有田に駆け寄り身体を支えた。

「タクシー来たから帰ろう」

「すいません、ありがとうございます」

有田は佐伯に身体を支えられながら店の外に出てタクシーに乗り込んだ。

有田は住所を運転手に伝えると、そのまま佐伯の肩に頭をのせて寝入ってしまった。佐伯は有田の安らかな顔を見て癒されていった。

タクシーは三十分ほどして有田の家の前に着いた。

「着いたぞ」

佐伯は有田に声をかけた。

「ああ、今日は色々とありがとうございました」

そういうと有田は起き上がり、自分でタクシーを降りた。佐伯もあとから続きタクシーを降りると、有田は鞄から鍵を取り出しながら佐伯に尋ねた。

「課長はこれからどうします?」

「どうしようか。電車もないし、歩きながらでもタクシー捕まえてみるよ。今日は本当に楽しかった。ゆっくり休んで」

佐伯は笑顔でそう言うと、振り返って歩き出した。

「課長」

背後から有田の声がかかり、佐伯は振り向いた。

「なんだ?」

「タクシーはスマホのアプリで手配すればいいんじゃないですか？　この時間はみんなタクシー使うから歩いてちゃ捕まりませんよ」

「それもそうだな。そうしよう」

そう言ってスーツからスマホを取り出して操作をし始めると、有田が近づいてきた。

「こんなとこでスマホいじくっていると不審者に思われて一一〇番されますよ。うちでやってください。お茶くらいは出しますから」

「そりゃそうだ。ありがとう、お言葉に甘えてそうするよ」

二人は笑った。有田が玄関ドアの鍵を開けて扉を開けようとした時、背後から佐伯が有田に声をかけた。

「もしも」

「はい?」

有田が聞き直した。

「もしも、タクシーが手配できなかったら、泊まってもいいかな」

有田は一瞬ビックリしたような表情になったが、すぐに穏やかな表情になった。

「課長のお好きなようにしてください」

有田は微笑み玄関ドアを開け、佐伯とともに部屋に入っていった。

＊

佐伯は現在の状況を打開するため、事務連絡と称して本部長室を訪れた。

「本部長、失礼します。佐伯でございます。今、よろしいでしょうか」

「おう、入れ。どうした？　課の改革は進んでいるか？」

「はい、その件でご指導願いたいことがありまして参りました」

「そうか。まあ座れ。なんか飲むか？」

「ありがとうございます」

二人はソファに腰掛け、角田は部屋に秘書を呼びつけコーヒーを二つ持ってくるよう下命した。

「で、そのご指導願いたい案件とは？」

「はい。うちの課に勤務している加藤警部補のことですが」

「ああ、木下君から聞いているよ。その加藤とやらがお前からパワハラを受けたとか言ったらしいな。事実は別として、奴にだいぶ手こずっているようだな」

角田は秘書が持ってきたコーヒーに口をつけた。

「力不足で申し訳ありません。奴さえ排除できれば改革が大きく進むのですが、奴も用心深くてなかなかボロを出しません。本部長から良い知恵を頂けたらと思いまして」

「なるほど。お前が音を上げるとは、奴も大したものだ。叩いて埃は出ないのか？」

「はい。決定的な非違事案は何も。しかも私はパワハラ容疑がかけられているので表立った動きがとりにくい状況でして」

「そうか。では先に奴の取り巻き連中を排除したらどうだ？」

「取り巻き連中は加藤がいなければ元来はおとなしい連中ですので、加藤を潰せば問題ないかと」

「そうか」

角田は腕を組み、しばらく押し黙った。佐伯はコーヒーをすすりながら角田の動向をうかがった。

「叩いて埃が出ないのなら、埃をまけばいい」

角田が低い声でうなった。

「はい？」

佐伯は怪訝そうな顔で角田を見つめた。

「ところで有田君とはどうなった？　使えそうか？」

「まだ彼女は半人前なのでSとして使うのは難しいかと」

角田が手をあげ、佐伯の話を遮った。

「言い訳はいい。彼女をどう使うかはお前に任せる。しかしな、お前んとこの加藤が我々の目的達成のための脅威となっているのなら、誰を使ってでも、どんな手を使ってでも排除しろ。不安定要素は小さなうちに摘み取っておかないと、あとで大変なことになる」

「それはわかりますが」

「話は以上だ。お前で無理なら他の誰かにやらせる。覚悟を決めろ」

角田は立ち上がって佐伯に退室を促した。

「わかりました。仰せの通りにいたします」

佐伯は角田に頭を下げた。

「佐伯よ。他の署であれば私もここまで言わない。お前がいる署だからこそだ。本宮署刑事課は、我々が掲げる刑事部解体の起点となるところだ。私自身、物凄くこだわりのある署なんだよ。だから刃向かう奴は一人残らず抹殺して目的を達成しろ。いいな?」

角田が佐伯の肩を抱きかかえて諭した。

「はい。では早速取りかかります」

「頼むぞ。あとな、有田君にはあまり感情移入するな。あとで辛くなるぞ」

角田が佐伯の肩をポンと叩いて、佐伯を本部長室から送り出した。

俺はゼウスの一番の息子だ。やるしかない。佐伯は腹を括った。

*

「有田さん、明日の夜は空いてる？　まだ有田さんの歓迎会をやってないから、有田さんが大丈夫なら加藤係長も誘って一杯やりたいんだけどな」

手塚から声がかかった。

「はい、あたしは特に予定はないので大丈夫です」

「そっか、じゃあ加藤係長に確認とるわ」

「よろしくお願いします」

有田は笑顔で答えた。すると手塚は嬉しそうな顔をして加藤に電話をした。

「あっ、係長？　今大丈夫ですか？　明日の夜、加藤係長の都合が良ければ有田さんの歓迎会をしようと思いまして。はい、了解です。では午後六時にいつもの場所で」

手塚は電話を切ると有田に向き直った。

「加藤係長はね、こういう飲み会には絶対に参加しない人なんだけど、今回は来るって。もしかして有田さん、係長に気に入られている？　まあいいや、明日の午後六時からよろしくね」

「わかりました。楽しみにしてます」

有田は笑顔を崩さずにそう答えた。そして有田は刑事課を出ると、外出中の佐伯に明日の歓迎会のことをメールで報告した。すると佐伯からすぐに返信が来た。

〈それは良かった。今日の夜、そっちに行っていいか?〉

〈もちろんです! お待ちしてます〉

そう返信すると、有田は笑顔で刑事課に戻った。

「今日も一日お疲れ様でした!」

「お疲れ様」

佐伯と有田はグラスを合わせて乾杯した。

「明日は歓迎会だって? 加藤係長も来るのか?」

「うん。なんかね、係長は飲み会とか一切参加しないのに、あたしの歓迎会は断らなかったって。変な感じ」

「まあいいじゃないか。彼は経験だけみればピカ一の刑事だ。酒を酌み交わして教えてもらえることもある。経験談でも聞いてくれればいいさ」

佐伯は微笑んだ。

「了解しました!」

有田は佐伯に向かって敬礼をした。

「だけどな、こまめにメールはくれよな」

「それも了解しました。課長は心配症ですね」

有田は笑った。

「当たり前だろ。里香はそんなに酒が強いわけじゃないんだから、辛くなったらもう飲むなよ。俺が迎えに行くから。奴らのペースに付き合ってると、このあいだのようにぶっ倒れるぞ」

「はいはい、わかりました。ちなみにあたしはぶっ倒れてませんから。失礼な」

有田は口を尖らした。

佐伯は、楽しそうにしている有田の姿を見ながら、心の中では角田との会話を思い浮かべていた。「誰を使ってでも、どんな手を使ってでも排除しろ」か。一体どうやるっていうんだ。

「課長、大丈夫ですか？　心ここにあらずですよ」

有田が佐伯の顔の前で手を振った。

「いや、ごめん。ちょっと考え事をしていた」

「課長は最近考え事が多いですね。やっぱり課長って大変なんですね」

「ああ、そんなところだ。とにかく、明日は楽しんでおいで。夜遅くなるようなら迎えに行くから」

「了解です！」

有田は再び敬礼し、二人は笑った。

「では、有田さんの前途を祝して乾杯！」

「乾杯！」

「ありがとうございます」

加藤係長以下、強行犯係のメンツで有田の歓迎会が始まった。

「係長、せっかくだから有田さんに何か一言お願いしますよ」

手塚がおちゃらける。

「馬鹿かお前は。まだ酒も入ってないのに話ができるか！　おい、日本酒！」

「はいはい、日本酒ですね。すいません！　冷酒一本！」

手塚が店員に日本酒を注文する。

加藤は店員が持ってきた冷酒を手酌でグラスに注ぎ一気に飲み干すと、今度は有田に向けてそのグラスを突き出した。

「お前もやれ。うまいぞ」

「係長、いきなりそれはキツいでしょ」

「大丈夫です。いただきます」

そう言うと有田はグラスを受け取り、加藤から注いでもらった冷酒を飲み干した。

「いや〜、有田さんいい飲みっぷり！　さっ、係長にお注ぎして」

有田はグラスを加藤に戻し、さらに冷酒を注ぐ。すると加藤もテーブルに置いてあったグラスを有田に差し出し、冷酒を注いだ。

「お前、なぜデカを希望した？」

加藤が質問する。

「はい、刑事は昔からの憧れでしたし」

「そうじゃねえよ。憧れだけじゃあ、デカは務まらないだろうが」

「それはそうですが」

有田は言葉に詰まり下を向いた。

「まあまあ、係長もそんなケンカ腰にならなくてもいいじゃないですか。今日は歓迎会ですから楽しくやりましょうよ、ね？」

「うるせえな。いちいち横やりを入れるんじゃねえよ。俺はただ希望理由を聞いているだけじゃねえか」

そう言うと加藤は苦虫を潰したような表情で冷酒を飲み干した。

「ふん、せいぜい俺達の足を引っ張らないようにやるんだな」

「はい、頑張ります！」

「返事だけは一人前か。今の若いもんはすぐに諦めるからな。辛くなったらもう無理だ、パワハラだ、セクハラだとほざく。仕事もろくにできねえのに主張だけは一人前だ」

加藤はその後も冷酒を飲みながら有田に対しダラダラと嫌みと説教を繰り返したが、有田は表情を変えず、その話を真摯に受け止めていた。

こうして加藤の嫌みに対し他の者が有田をフォローするという格好で歓迎会が進み、すでに三時間が経とうとしていた。

「ああ〜、今日もけっこう飲みましたね〜。係長、そろそろお開きにしないと明日の仕事に響きますよ」

「馬鹿野郎！　デカってもんはな、酒を飲もうが何をしようが仕事はキッチリやるもんだ。時間気にして酒なんか飲んでられるか！」

加藤は酩酊状態で誰かれ構わず絡んでいた。

「係長！　飲み過ぎですよ！　もう締めますからね！　お会計！」

「おい！　俺の断りもなく勝手に終わりにするんじゃねえ！　まだ有田との話が終わってねえんだ！　ったく、どいつもこいつも礼儀ってもんを知らねえ」

「はいはい、礼儀知らずですいませんね。今日はおしまいですよ！　有田さん、帰るよ」

手塚がテーブルを立ち会計を済ませに行き、他の者も荷物を手に持ちテーブルを離れたのを見て、加藤が有田に声をかけた。

「お前はどっちなんだ？」

「はい？」

有田は意味もわからず答えに詰まっていると、加藤が顔を近づけてきた。

「目をパチクリしてんじゃねえよ。だから、お前はどっちなんだと聞いている。俺達デカは休みも取れねえ、拘束時間も長い。プライベートなんてものは皆無に等しい。なのにお前はデカを自分から希望して来た。よっぽどの馬鹿か、性根が座っているかのどちらかだ。お前はどっちだ」

加藤がさらに顔を近づけてきた。有田も負けじと加藤の顔を見据えた。

「あたしにとって、馬鹿だとか、性根が座っているとか、そんなことはどうでもいいんです。あたしがデカを希望したただひとつの理由は、一人でも多くの被害者の無念を晴らすこと、それだけです。それ以外、どうでもいい」

有田の力のこもった言葉を聞き、加藤は一瞬驚きの表情をみせたが、すぐに不敵な笑みを浮かべた。

「ふん。デカだとよ。生意気な奴だ。しかし俺の目は狂っていなかったようだな。どうやらお前は一流のデカになる素質がありそうだ。よし、もう一軒付き合え。色々と教えてやるからよ」

加藤から褒められたことで、有田は少し驚いた表情になったが、すぐに笑顔になった。

「わかりました。あまり遅くならない程度でお願いします」

有田は頭を下げた。

「よし、この先に金太郎って居酒屋があるから、そこに行って席取っとけ。俺は小便したら行くからよ」

加藤はヨタヨタしながらトイレに向かった。

「あれ、係長は？」

手塚が辺りを見回した。

「あ、トイレ済ませてから帰るそうです」

「そっか、ほっといていいよ。いつもあんな感じだから。俺達はこれから二次会に行くけど、有田さんも来る？」

「いえ、今日は飲み過ぎたんで」

「そっか。なんかごめんね。有田さんの歓迎会なのにこんな飲み会になっちゃって。でもね、係長は悪気はないから気にしないでね。俺も新人の頃は全く同じこと言われたから。元気出して！　また明日」

手塚はそう言い、他の者と一緒に次の場所へと移動した。

有田は手塚達が視界から切れてから、急いで加藤の言った居酒屋金太郎に向かい席を確保した。

すると加藤が店に入って来た。

「おう、この店はいつ来ても繁盛してるな。じゃあ延長戦を始めるか」

加藤はテーブル席にどっかりと座り、冷酒を注文した。

「お前はどうする？　もうすこしやるか？」

そう言うと有田にアルコールのメニューを手渡した。

「あっ、はい。ではあと少しだけ」

有田も店員に冷酒を注文した。

「冷酒とはやるねえ」

店員が冷酒を持ってくると、加藤が嬉しそうに冷酒を手に持った。

「じゃあ、頑張れよ」

「よろしくお願いします」

有田も冷酒を手に持ち、加藤の誘いで二人は乾杯した。

加藤は一次会とは打って変わり、嫌みや愚痴は一切言わず、自分の若い頃の失敗談や今扱っている事件のこと等を淡々と話した。

「俺も若い頃はお前と同じで、何をしても失敗ばかりだった。何度も先輩達から辞めちまえ！　って言われたよ」

「係長でもそんな時があったんですか」

「生まれた時からデカみたいな面して偉そうにしている奴らでも、最初はみんな鼻タレ小僧だってことだ。だからな、周りに何を言われても気にするな。今自分ができることを全力でやれば必ず結果は付いてくる」

「はい、頑張ります！」

「よし、仕事の話はここまでだ。ところでお前、男とかいるのか？」

「いきなり何ですか？」

「部下の私生活を把握するのは上司の務めだ」

二人は笑った。

この人は課長が言うような悪い人ではないのではないか。こうして腹を割って話をすればわかりあえる気がする。有田は今日自分が感じたままのことを佐伯に伝えようと思った。

「そろそろ帰るか。終電ギリギリだしな。おい、大丈夫か！」

トイレから戻ってきた加藤は、有田が酔いつぶれてテーブルに突っ伏しているのをみてすぐに駆け寄った。

「すいません、ちょっとトイレに行ってきます」

有田は加藤の肩を借りて立ち上がり、そのまま加藤の付き添いでトイレまで向かった。

有田は頭がグラグラするのに耐えながら、手洗い場で携帯を取り出した。

〈今、加藤係長と二次会です〉

佐伯にラインで送信すると、すぐに既読になり返信がきた。

〈大丈夫なのか？　今どこだ？〉

有田は読むのも辛い状態だったので、既読したあとトイレに駆け込んだ。すると、しばらくして携帯に着信が入り、見ると佐伯からだった。

「もしもし？　大丈夫か？」

「ちょっと酔っ払っちゃいました。でも心配いりませんから」

有田は頭を抱えながら答えた。

「今どこだ？　そこはなんという店だ？　これから迎えに行くから店の名前を教えろ」

佐伯は矢継ぎ早に質問した。

「とにかく大丈夫ですから。これ以上ひどくなるようだったら迎えに来てもらいます」

「ダメだ！　今すぐ迎えに行くから店の名前を教えろ！」

佐伯が電話口で怒鳴った。

「おい有田！　大丈夫か！　生きてるか！」

トイレの外で加藤が大声で叫んでいた。

「課長、またあとでメールします」

「ちょっと待て！　里香！」

有田は電話を切り、ヨタヨタしながらトイレを出ると、そこには心配そうな顔をした加藤が立っていた。

「お前、もうやばいだろ。ほら、帰るぞ」

そう言って加藤は有田に手を差し出したが、有田はその場で腰砕けになって座り込んでしまった。

「ったく。これじゃ一人で帰るどころじゃねえな」

加藤は店員に有田から目を離さないようにお願いすると、自分は店の外に出てタクシーを捕まえに行った。

加藤はタクシーを店の前に横づけさせ、有田を背負う形で一緒に乗った。

「有田、自宅の住所を運ちゃんに言え」

「係長、すいません」

有田は頭を下げると運転手に自宅の住所を伝えた。

「お前を家に中に運んだなら俺はそのままタクシーで帰るからな。こんな状態じゃ明日は仕事になんねえだろ。明日休むなら電話よこせ。ったく」

加藤は溜息をつき有田を見ると、すでは有田は寝入っていた。


有田と音信不通となってから三十分以上が経ち、佐伯は居ても立ってもいられなくなり、車で有田の自宅へと向かった。

合鍵を使って部屋に入ると、着衣の乱れた有田がベッドの上に横たわっているのを見つけ、駆け寄って声をかけた。

「里香！　大丈夫か！」

「課長、来てくれたんですね」

有田は目を開け微笑んだ。

加藤の野郎、担当上司という立場を利用して、酒が弱い里香に長時間飲酒を強要しやがって。しかもなんだ、この着衣の乱れは。あの野郎、まさか泥酔に乗じて里香に手を出したんじゃ？

許さない。あいつを叩き潰して社会的に葬ってやる。佐伯は歯ぎしりした。

「すいません、課長に迷惑をかけて」

起き上がろうとした有田を制して、佐伯は有田の髪を優しく撫ぜた。

「心配したぞ。でも無事で良かった。里香、お前はな、ハラスメント被害に遭ったんだ。加藤は上司という立場を利用して長時間お前に飲酒を強要し、泥酔させた」

佐伯は有田に言い聞かせた。

「ハラスメント。そうなんですか?」

「ああ、そうだ。里香にはよくわからないと思うが、これはれっきとしたハラスメント行為だ。だからあとは俺に任せてお前はゆっくり休め。今日はずっとそばにいるから」

佐伯が微笑むと、有田は安心した様子で目を閉じた。

佐伯は有田を寝かしつけたあと、寝室を離れ携帯を取り出した。

「署長、夜分遅くにすいません。実は今、有田の家に来ております。有田から加藤と二次会に行くとの連絡があったあと、音信不通になったものですから自宅まで来てみると、中で泥酔状態の有田がおりました。電話での会話も呂律が回ってない状態で、心配していたのですが。はい、命に別状はない様子ですが、これは加藤が酒に弱い有田に酒を強要したのではないかと。有田の着衣に乱れもあったので、加藤が泥酔状態の有田に何かしたとも考えられます。はい、とりあえず私はこのまま有田のそばにいて様子をみます。はい、わかりました。詳細は明日報告いたします」

佐伯は電話を切った。

これであのクソ野郎はおしまいだ。地獄へ堕ちろ。

＊

次の日の朝、佐伯は署長室の前に立ち、署長の出勤を待った。

「署長、おはようございます」

「入ってくれ」

署長室に入った佐伯は、木下に促されて応接用ソファに座った。

「それでどうなんだ？　何が起きたんだ？」

「はい、有田から聴取した結果、加藤が有田にハラスメント行為を行ったと考えられます」

「ハラスメントか。それで有田君の様子は？」

「はい、冷酒をしこたま飲まされたせいで、頭痛と吐き気があるので今日は休ませております」

「そうか。それで、課長が昨日報告してきた、例の着衣の乱れについてはどうだ？」

「はい。これは私が昨日聴取した時の感じですが、有田は加藤に何かされたのではないかと感じます。泥酔状態なので本人もよく覚えていないとはいえ、どうもそこらへんについてはっきり答えません。飲んだお酒についても二次会の店についても答えたのですが、この件については聞くと表情が曇るんです。何か隠しているような感じがします」

「そうか。課長の言う通り、有田君は加藤に何かされたんだな。どうする？　他の女性警察官に聴取をお願いするか？」

「いいえ、この件はこれ以上詰めると有田の精神面にも影響が出ると思いますので、このままそっとしておいた方が良いかと。有田の件は私にお任せください」

「そうだな。わかった。で、加藤は今どこだ」

「まもなく出勤すると思いますので、出勤次第、身柄を押さえます」

「よし。加藤は別室で事情聴取してくれ。私は取り急ぎ監察に通報する」

「承知しました」

「加藤の奴め。一体何を考えとるんだ。今どき飲みニケーションなんぞ、時代遅れも甚だしい」

木下は吐き捨てるように言うと、自席に戻り佐伯から渡された報告書に目を通しながら受話器を手に取った。

一方、佐伯は署長室を出ると刑事課に戻り城島に事情を説明した。

「えぇっ！　本当ですか！　しかしあの加藤が」

「今まで奴を野放しにしていたツケだ。奴が出勤したら私が別室で事情聴取する。いいか、この件は秘匿扱いだ」

「わかりました」

佐伯は別室に向かおうとした時、ちょうど加藤が刑事課に入ってきて佐伯と鉢合わせになった。

「うぃーっす」

「お前は上司に対してまともに朝の挨拶すらできないのか。荷物置いたら別室に来い。話がある」

「おっ、なんか機嫌悪いな。朝から署長にでも怒られたか?」

佐伯は加藤の言葉を無視して別室に入った。

それから数分後、城島と一緒に加藤が入ってきた。

「ここに座れ。補佐はいい」

そう言われた城島は心配そうな顔をして別室から出て行った。

「朝っぱらからなんだよ。こっちは忙しいんだ」

「お前、昨日は有田の歓迎会をやったあとはどうした?」

加藤の表情が一瞬変わった。

「どうしたって、そのあと二次会やって、帰ったよ。それがどうした」

「二件目はお前一人か?」

「一人だろうが百人だろうがあんたには関係ないだろ。プライバシーの侵害ってやつだ」

「いい加減にしろ!　有田から全部話は聞いてるんだ」

佐伯は加藤を睨んだが、加藤も負けじと睨み返した。

「へえ、どんな話だよ。有田が何を話したか聞かせてもらいたいもんだ」

加藤は腕組みをしてニヤついた。

「お前が懇親会のあと有田と二次会に行ったのはわかってるんだよ。そこでお前は何をした？」

「何をしたって？　有田が何をされたか喋ったんか？」

「俺が質問しているんだ！　答えろ！」

佐伯は怒鳴った。

「朝からそんなに怒鳴らなくてもいいだろ。あんたそういうのをパワハラって言うんじゃねえのか？」

「そうやって話をすり替える気か？　もうお前の話は聞かない。覚悟しておけ」

「覚悟しておけって、何を覚悟するのかさっぱりだな。もういいか？　こっちはあんたと違って仕事が詰まっているんでな」

加藤が席を立とうとした時、佐伯は独りごとのように囁いた。

「お前は上司という立場を利用して嫌がる有田を二次会に誘い、酒を強要した。ハラスメント行為だ」

加藤は口をポカンと開けて何のことかわからないという表情を浮かべた。

「ハラスメント行為だ？　勘弁してくれよ。有田は自分から二次会に来たんだ」

「ハラスメントの撲滅は警察全体で取り組んでいる重要課題だ。それをお前は」

「冗談じゃない！　俺は有田に酒なんか強要してねえ！」

加藤は机を叩いた。

「しかもお前は泥酔した有田をいいことに、みだらな行為に及んだ。すでに裏は取れているんだよ。首を洗って待ってろ」

佐伯は立ち上がり、ドアを開けて城島を呼んだ。

「この野郎、俺をハメたな！」

「お前は処分が決まるまで自宅で謹慎だ」

「ふざけんな！　お前の言うことなんか誰が聞くか！」

加藤が佐伯の胸倉を掴み、佐伯を殴り倒した。

「加藤やめろ！」

馬乗りになって更に佐伯を殴ろうとしていた加藤を城島が取り押さえ、別室から引きずり出した。

「上司に手をあげるとは、これで本当におしまいだな。城島、こいつを自宅まで送り届けろ」

佐伯は立ち上がり、切れた唇に手を当てながら席に座った。

加藤の怒鳴り声が完全に聞こえなくなるまで別室に留まっていた佐伯は、携帯を取り出し電話をかけた。

「署長、今聴取が終わりました。加藤は全面否認ですが奴のハラスメント行為は事実で間違いありません。しかも奴は事実を突き付けられて頭に来たのか、私を殴るありさまで。はい、処分が決まるまで自宅謹慎を命じました。ここでのやりとりは追って詳細報告します」

佐伯は電話を切ると、鼻歌を歌いながら別室を出た。

その後加藤は、人事一課監察係の取調べを受け、有田に対するハラスメント行為と上司に暴行を加えたことで懲戒処分となり、それを受けて加藤は自ら職を辞することとなり、誰の目にも触れることなく、消えるように署を去って行った。

＊

加藤の処分が下った次の日、佐伯は有田が休みであるのを機に刑事達を集めて指示をした。

「皆も知っての通り、加藤係長が昨日付けで退職することになった。理由については説明するまでもないが、今後、このようなことが二度と起きないよう、命令違反や職務怠慢行為は問答無用で厳しく処分するからそのつもりで。以上」

刑事達が顔を見合わせ、訳がわからないといった表情でそれぞれの席に戻って行った。その後佐伯は城島を呼びつけた。

「このような不祥事が二度と起きないよう、今後はしっかり人事管理してくれ」

「申し訳ありませんでした。しかし課長、有田があんな目に遭ってお怒りなのはよくわかりますが、何もあそこまで言わなくても。委縮して本来の業務ができなくなりますよ」

「委縮するような連中か？　ちょっと叱って委縮するような連中だったら、こんな事件は起きてないんじゃないのか？」

「それはそうですが、あまり強く言うとパワハラと捉える奴らもおりますし」

佐伯はため息をつく。

「お前な、なにビクビクしているんだ。そんなにパワハラって言われるのが怖いのか？　そんなことだから部下にナメられるんだ」

「いや、私は課長の心配をしているだけで、別に怖いとかでは」

佐伯は両手を上げ城島の話を遮った。

「もういい。俺は規律に背いた者を処分するだけだ。協力しないならお前は黙って見てろ」

「すいません課長」

「お前には失望した」

佐伯がまとわりつく城島を払いのけて席に座ると、城島は肩を落としながら自席に戻って行った。

こいつもダメか。所轄はなんでこんなにも使えない奴らばかりなんだ。

城島も飛ばすか。

佐伯は机上のパソコンを起動させ、デスクトップ上に張り付けている「デッド・プール」と題したフォルダをクリックした。

このフォルダは、捜査員一人一人の普段の態度や言動、他課からの風評等が入力されたリストで、それぞれに番号が付いていた。城島もこのリストに載ってはいたが、番号は付いていなかった。

佐伯は城島の番号欄に新たに「1」と入力し、「1」と番号の付いた加藤の欄を全削除した。

そしてその二週間後、城島は勤務実績が低調であるとの理由で刑事課から地域課に転属となった。

*

加藤の退職から一ヶ月後、各署の刑事課長が再び県警本部大会議室に集められ、角田に対する定期報告会が行われた。

「みんなどうだ？　上がってきた報告に目を通したが、皆それぞれに成果が上がっているようだな。ちなみに未だ不安定要素のある署はあるか？」

「本部長、ここまで来て不安定要素がある署なんてあるわけないじゃないですか」

菊地が意見する。

「君は相変わらず威勢がいいな。君のところは……なんと課員の三分の一以上の者を処分したのか。無能な者は職場を去れ、ということだな」

「当然です」

菊地は佐伯の方を向いて微笑んだ。

「ではみんな、これで我々の悲願は達成できるな。佐伯、お前のところは他の署と比べて出遅れていたが、どうだ？　大丈夫か？」

菊地を含め、皆の視線が一斉に佐伯に注がれた。

「はい。本部長のご指導の下、目的を達成することができました。不適格者は全て排除しました」

「よし。よくやった。ではみんな、私はここに宣言する。神奈川県警は刑事部を解体して生活安全部に統合する」

皆が一斉に立ち上がり、至る所から拍手喝采が巻き起こった。

「ありがとう。これをもって定期報告会は結了とする。結果を楽しみに待っていてくれ」

角田は皆に一礼したあと、手を振りながら上機嫌で会議室をあとにした。

＊

あの一件以来、有田の様子がおかしい。仕事も上の空だし、夜にメールしても返信はないし、俺と目も合わせなくなってしまった。

「有田君、ちょっといいか？」

佐伯は自席に座りボーっとしている有田に声をかけたが返事がない。

「有田君？」

「有田、課長が呼んでるぞ」

手塚が有田の腕を掴む。

「はっ、はい」

有田は我に返り、慌てて佐伯の下に向かう。

「はい、何でしょうか」

「ああ、あまり調子が良くないようだが、大丈夫か？　仕事も身が入ってなさそうだし」

「大丈夫です。もういいですか？　仕事がありますので」

有田は無表情のまま自席に戻った。

佐伯は有田が自席に戻ったあと、加藤の代わりに異動してきた田島を呼びつけた。

「田島係長、有田は具合が悪そうだから今日は早退させてやってくれ。色々あって精神的にもかなり疲弊しているだろうからな」

「はい、わかりました。ではそのように。今有田が扱っている事件もありませんし、気分転換のため二～三日休ませますか？」

「ああ、そうしてくれると助かる。よろしく頼む」

「承知しました」

そう言うと田島は早速有田に声をかけた。

「有田、お前の今の状態を課長がとても心配しているから、少し休暇を取って心身ともにリフレッシュしてから出てこい。早速今日からだ。上がっていいぞ」

「嫌です。あたし平気です」

有田は田島の方を向いて睨みつけた。

「嫌も何もあるか。誰が見たって今のお前は普通じゃない。仕事も手につかない様子だし何よりお前からは生気が感じられない。ここでお前にダウンされたら、うちの係も困るんだよ。お前はうちの大事な係員なんだ。わかるな。早く元気になって課長にお前のいい笑顔を見せてやれ」

田島は有田に諭すように言った。

「あたしはこの先一生、笑顔になんかなれません。ひと一人の人生を破滅に追い込んだんですから」

有田はそう言い放つと自分の荷物を持って部屋を出て行った。

「おい有田！　ったくあの態度は何なんだ。破滅に追い込んだって、被害に遭ったのは自分だろうに」

「係長、今はそっとしといてやった方が彼女のためだ」

佐伯は田島の肩をポンと叩く。

「そうですね。しかし有田はあの件で相当参っているようですね。良くなればいいのですが」

田島はため息をついた。

有田はもうダメだな。このままだと罪の意識に押し潰されて加藤の件を誰かにバラすかもしれない。その前に釘を刺しておかないと。

その日の夜、佐伯は仕事帰りに有田の家を訪ねた。

「はい」

「俺だ。夜分に悪いが君の様子を見に来た。開けてくれないか？」

「帰ってください」

「そんなこと言わずに開けてくれ。話をしよう。君はいい警官だ。このまま埋もれてしまうのはもったいない。二人で問題を解決しよう」

「解決？　解決なんかできるわけないじゃないですか！　あたしの嘘のせいで加藤係長は職を

失ったんですよ？　加藤係長の家族を路頭に迷わせといて今更どう解決するって言うんですか？　復職でもさせる？　課長ならできそうですよね、署長に全部嘘でしたって言って加藤係長を復職させてください！」

有田はドア越しに叫ぶ。泣いているのがわかる。

「わかった。約束する。俺が署長に掛けあって加藤係長の復職を願い出るから、とにかく部屋に入れてくれ。君が心配だ」

佐伯はドアに耳を付け室内の様子をうかがうと、人の気配がないことに気付いた。

「里香、ここを開けてくれ。開けてくれるまでここにいる。お前が心配なんだ。顔をみせてくれ」

佐伯はドアの前で静かに待った。すると鍵が開く音がした。

佐伯はドアノブを回しドアを開けると、目をパンパンに腫らした有田が目の前にいた。

「もう大丈夫だ。一人で抱えることはない」

佐伯はそう言うと有田の震える手を握りながら部屋に入って行った。

佐伯がリビングの椅子に座ると、有田はお茶を出してくれた。

「ありがとう。これ、ワイン持って来たんだけど、このあいだ里香が美味しいって言って飲んでたワインだよ。一緒に飲もう」

佐伯がワインを差し出したが、有田は受け取ろうとしなかった。

「ここには真面目な話をしに来たんでしょ？　お酒なんか飲んでる気分じゃありません」

有田はピシャリと言った。

「そうだな。では置いていくから好きな時に飲んでくれ」

「課長、あたしはハラスメントなんか受けてません。自分から二次会に行ったし、お酒だって強要なんかされてません。もしも加藤係長の行為が課長の言う通りハラスメントに当たるとしても、クビにすることはなかったと思います。確かに課長の言うことは聞かなかったのかも知れませんが、課長の方から心を開けば、きっと加藤係長も言うことを聞いたと思います」

「そうだな。里香の言う通りかも知れない。しかしな、俺は歩み寄る気持ちはあったが、奴にはなかった。自分が一番だと思っている奴に、歩み寄りなんか通用しないんだよ。奴がいなくなったおかげでどうだ？　上司の命令を無視する者もいなくなったし、不適正事案もなくなった。結果として課にとってプラスになった」

「そうだとしても、クビにすることはなかったんじゃないですか？　どこか他の課に異動させてもよかったんじゃ」

「奴は自分から辞めたんだ。それにもしも辞めてなかったとしても、奴を引き取る課があると思うか？　奴の悪い噂を他の課が知らないとでも？　奴をクビにするのが署全体の利益にもつながったんだよ。署長もそうお考えだ」

「間違ってる。みんな間違っている！」

有田は突然両手の拳をテーブルに叩きつけ立ち上がった。

「あたしが正直に話します。署長に言ってハラスメントはなかったって！　加藤係長を復職させる！」

有田は鞄を取って外に出ようとする。

「ちょっと待て！　落ち着け！」

佐伯が有田の腕を掴むと、有田は必死になってその手を振りほどいた。

「離して！　これ以上あたしに関わらないで！」

「わかった。明日、署長にちゃんと話す。だから里香は少しゆっくり休め」

床で泣き崩れる有田に声をかけたあと、佐伯は静かに部屋を出て行った。


次の日の朝、佐伯は神奈川県警本部に出勤し角田に有田の案件を報告した。

「朝からすいません。佐伯でございます」

「おう、入れ」

角田は応接用ソファに佐伯を座らせる。

「で、今日は何だ？　良い報告か？」

「申し訳ありません。あまり良い報告ではありません」

「そうか、話してみろ」

角田は早速煙草に火を付けた。

「有田の件ですが」

「ああ、お前から報告のあったハラスメントに遭ったあの有田君だな。今回の件は偶然の出来事だったがお前の目論見通りに行ってよかったじゃないか。彼女がどうした？」

「昨日彼女の家に行き様子を見て来たんですが、精神的にひどい状態でして。あたしはハラスメントを受けていない、本当のことを言って加藤を復職させると」

「ふん。いまさら本人がハラスメントを受けていないと言っても、加藤が二次会まで引っ張って行った事実は消えん。しかも有田君が泥酔して机に突っ伏している状況を店の店員が現認してる事実があるんだろ？　それこそが酒を強要した証拠だ。上司であるお前をぶん殴ったのも懲戒処分としては十分な理由だ。問題ない」

角田はうまそうに煙草を吸った。

「はい。おっしゃるとおりです。しかし本部長、このまま彼女を放っておくと、彼女自身が精神的に病んでしまい、何かよからぬことを周りに口走るおそれがあるかと」

佐伯がそう言うと、角田は穏やかだった表情から一変し、険しい顔になり佐伯を睨みつけた。

「それがどうしたというんだ。我々の目的の障害となるなら排除すればいい。彼女も例外ではない」

角田は煙草の煙を口から吐き出し、吸い殻を灰皿に押し付けた。

「しかしそれは」

身を乗り出した佐伯を角田が制した。

「彼女の精神状態が悪いなら、それを理由にすればいい。加藤からハラスメント行為を受けたことで精神錯乱状態になり、ありもしないことを口走るようになった、とな」

「はあ」

佐伯の歯切れの悪い返事に角田がイラついた。

「なんだその返事は？　お前、あれほど彼女には感情移入するなと言ったのに、一体どういうことだ？　お前が本宮署に配属になった理由をよく思い出せ。お前にはまだやってもらいたいことが山ほどあるんだ。しっかりしろ！」

角田は佐伯を恫喝した。

「はい、申し訳ありませんでした」

「わかったらもう行け。取り急ぎ木下君にこの件を報告しておけ。いいな？」

「はい」

佐伯は角田に深々と頭を下げ、本部長室を後にした。

目的達成のためとはいえ、里香を巻き込んでまで、こんなことをやる必要があるのか。

佐伯は心の葛藤と戦っていた。

署に戻った佐伯は、刑事課に戻らずそのまま署長室に直行したが、未だ決断できない状態だった。

里香を貶めることが果たして正しいことなのか、何が新しい組織にとって必要なことなのか。

何度か署長室の扉をノックするのをやめた佐伯だが、その時角田の顔が浮かんだ。本部長とともに新しい警察組織を作る。今からやることは県民の安心安全のために必要なことなんだ。佐伯は自分に何度も言い聞かせて、扉をノックした。

「失礼します。佐伯です」

「どうぞ」

木下は報告書類に目を通していた。

「署長、至急の案件でございます。よろしいですか？」

「どうした？」

木下の表情が曇った。

「実はうちの有田の件ですが」

「ああ、有田君も大変だったね。その後の調子はどうだ？　今は休暇中だったよな」

「はい、定期連絡ということで昨日私が有田君の家を訪問し現在の状態を確認したのですが、精神的にかなり不安定な状態でありまして」

「そうか。まだ回復してないか。本人にとっては辛い出来事だったからな。長い目で見てやらんといかんな」

「はい、それはそうなんですが、私が見た限りでは彼女は精神的に病んでしまっているかと」

「病んでいる？　それはどういうことだ」

署長の穏やかな顔が一変して険しい顔になった。

「はい。私が訪問した時、彼女は私の顔を見るや、あたしはハラスメントを受けていない、加藤を復職させてくれ等と大声でわめき散らして暴れ出したんです。あれはもう精神的に破綻しているとしか思えません」

「そうか。それは大変だったな。しかし加藤がやったことは事実なんだろ?」

「はい、彼女から申告を受けた時の彼女の言動や様子から判断しても、狂言とは思えませんでしたし、そもそも彼女が虚偽の申告をする理由もありません」

「そうだな。確か加藤はハラスメントの事実はないと言ってたな?」

「はい。ですが二次会に行ったのも間違いありませんし、二次会の店で有田が泥酔して動けない状態だったのを店員が現認しています」

「うむ。しかし彼女はそんなにひどいのか」

「今後状態が良くなったとしても、彼女の心の中でのトラウマは消えません。そうなってくると警察官として職務を執行すること自体、検討の余地があると」

「そうか。だとしたら残念だな。わかった、あとの対応もしっかり頼む」

「わかりました。署長、それともうひとつ」

「なんだ?」

「彼女はもしかしたら署長に会いに来るかもしれません。真実を署長に話すとか言ってましたから」

「わかった、では彼女が来た時は私が話を聞いてやろう。その時は課長も同席してくれ」

「承知しました。ただ署長、今の話はここだけの話にしていただけませんでしょうか。彼女に精神的に病んでるとか言うと逆上して何をしでかすか。場合によっては自分の命を絶つなんてこともあり得ますので」

「ああわかった。しかし困ったな。せっかく有望な人材が出てきたと思えば、こんなことになるとは。親父さんに何と言えばいいか」

佐伯は木下と今後の対応策を協議し、署長室を出た。

すると、佐伯の視界の中に、署長室に向かって歩いてくる有田の姿が入ったので、佐伯は急いで身をかがめてその場を離れ、署長室に電話をかけた。

「署長、有田が来ています。私は一旦ここを離れますので、あとで携帯で呼びつけてください」

そう言って有田の視界から外れた所で様子をうかがった。

「有田君じゃないか。体の具合はどうだ？　今日は休みじゃなかったのか？」

副署長の三橋が心配そうな顔をして声をかけるが、有田は無視をして署長室に入ろうとした。

「ちょっと待て。どうしたんだ？　署長に呼ばれたのか？」

「呼ばれてません。あたしが署長に用があるんです。署長、有田です」

三橋を睨みつけたあと有田は署長室のドアを開けた。

「有田君か。いきなりどうした？　私に何か用か？」

「署長、大事なお話があります。加藤係長の件でどうしても署長に伝えないといけないことがあるんです」

「何かな？」

署長は有田を応接用ソファに座らせた。

「まだ顔色が悪いが大丈夫か？　まだゆっくり休んでいていいんだぞ？」

「そんな暇はありません。あたしのせいで加藤係長がクビになったんですから」

「別に君のせいじゃないだろ。彼はそれ相当なことをした。しかもクビではない。自分から退職したんだ。何か飲むか？」

署長は警務係に声をかけコーヒーをお願いした。

「署長！　真面目に話を聞いてください！　あたし、加藤係長からハラスメントなんか受けてません！　佐伯課長が勝手にそう思い込んだだけです！」

有田は、両手でテーブルを叩いた。

「わかった、わかった。そんなに怒ることはない。ちゃんと話を聞くから落ち着いて話してみなさい。そうだ、課長にも同席してもらった方がいいな」

署長が携帯で佐伯に電話しようとすると、有田は立ち上がってその携帯を奪い取り、壁に投げつけた。

「なぜ佐伯課長を呼ぶんですか？　課長じゃなくてあたしの話をちゃんと聞いてください！」

有田はソファに座ろうともせず、署長に向かって喚き散らした。その声を聞いた三橋が署長室のドアを開け、喚き散らす有田を取り押さえようとしたが、署長に制止された。

「大丈夫だ。佐伯課長を呼んできてくれ」

副署長はうなずき署長室から出て行った。

「有田君、まずは座りなさい。話はそれからだ」

署長の穏やかな口調により落ち着きを取り戻した有田は、ソファに再び座った。

「ちゃんと話は聞くから安心しなさい」

署長が有田をなだめている時、佐伯が署長室に入ってきた。

「失礼します」

「そこに座れ」

佐伯は署長の指示で有田の横に座ったが、有田は佐伯の顔を見ようともしない。

「有田君、落ち着いたところでもう一度話を聞かせてくれないか」

署長は有田に優しく言葉をかけるが、有田からは返事がない。

その時警務係の者がコーヒーを運んできた。

「まずはコーヒーでも飲んでからにするか。課長も有田君もどうぞ」

「いただきます」

署長がコーヒーを飲みだしてから佐伯もコーヒーを飲む。しばし沈黙のあと、有田が口を開いた。

その視線はずっと木下を見据えていた。

「あたしがかなり酔っているのを心配して、佐伯課長があたしの家に来てくれたんです。その時に課長に言われました。あたしは加藤係長からハラスメントを受けたって。あたしは望んで二次会にも行ったし、自分の意志でお酒を飲みました。決して加藤係長に強要されたわけではありません。だからこれはハラスメントではありません！　加藤係長を復職させてください！」

有田は身体全体を震わせて訴えた。

「しかしな。組織としてハラスメントの事実があったと認定しているし、なにより、加藤君は課長を殴ったと聞いている。私としてもそれを見過ごすわけにはいかない。

組織としては、減給と停職処分にはしたが、免職にはしていない。彼が退職したのは自分の意志だ」

署長が毅然とした態度で返した。

「そんなこと知りません、とにかく加藤係長は潔白なんです！」

「有田君、その辺でいいんじゃないか？　あとは署長に任せて」

有田は佐伯の言葉を無視してさらに話を続けた。

「署長お願いします、加藤係長を復帰させてあげてください。加藤係長は何も悪くないんです。

佐伯課長は普段から自分の言うことを聞かない加藤係長を排除したかったんです！」

有田は佐伯を指差して喚いた。

「有田君、君はなんてことを言うんだ。いい加減にしなさい！」

佐伯が語気を強めて有田を叱咤した。

「よし、君の話はよくわかった。今日のところはもう帰りなさい。加藤係長の復帰の件も含めて検討する。それでいいね？　今、車を用意するからそれに乗って行きなさい」

署長は立ち上がり、電話で車の手配をし始めたので佐伯も立ち上がったが、有田はその場に座ったままだった。

「いいたいことは言っただろ。あとは署長に任せることだ」

佐伯が有田の腕を抱えて立たせようとすると、有田はその手を振り払い、自分で立ち上がり、署長に挨拶もせずに署長室を出て行った。

「署長、大変失礼しました。有田を自宅まで送り届けてきます」

「いや、課長が行くとまたヒートアップするだろうから、警務係で自宅まで送らせる」

「ご迷惑をおかけします」

佐伯は木下に深々と頭を下げる。

「あれはかなり重症だな。とにかく、今はそっとしておくことだ」

「はい、あとは私が責任を持って対処します」

「よろしく頼む」

木下は佐伯の肩をポンと叩き、署長室に戻って行った。

「それで？　うまくいったのか？」

「はい、署長もこの件は私に任せると」

「そうか。しかし残念だな。せっかく刑事課に入れたというのに」

「はい。彼女の父親には何と説明すれば」

「親父さんには私の方から話しておくよ。元々親父さんは彼女が警察官になることは反対だったからちょうどいいんだよ。警察官を辞めてキャリアの道にでも進めば」

「はい。あと彼女が万が一、報道にタレこんだ時の対応を練っておく必要があるかと」

「それも私の方でやっておく。もしこの件が報道に漏れたとしても、奴らはこんなネタ食いつきやしないよ。他にもっといいネタを与えてやればそれで終わりだ」

「ありがとうございます」

「これで不安定要素は消えたな？　お前の署は他の署にだいぶ遅れをとっているようだからしっかり頼むぞ」

「承知しました。職務にまい進いたします」

佐伯は携帯を切ったあと、安堵からか足を止め一息つき、ふとこれまでのことを振り返った。

俺のせいで彼女の人生を潰すことになってしまった。こんなことまでして刑事部を潰す必要があるのか。

佐伯は自分の進むべき道に不安を覚えた。

*

「ピンポーン」

玄関チャイムの鳴る音で加藤は目が覚めた。

「うるせえな」

加藤は知らんぷりを決め込み再びソファで横になるが、チャイムの音は鳴り止まない。

「ったく、何なんだ」

加藤はボサボサの髪を掻きながら玄関ドアを開けた。するとそこには有田の姿があった。

「有田か。なんだ?」

「係長、突然来て申し訳ありません。お話ししたいことがあるんですが、中に入れてもらえますか?」

「ダメだね。俺はお前に話したいことなんてない、とっとと帰れ」

「失礼します」

有田は加藤に構わず靴を脱ぎ部屋の中に入っていった。

「おい、勝手に入るんじゃねえよ」

「お願いですから話を聞いてください！」

その勢いに圧倒されたのか、加藤は無言のままドアを閉め部屋に戻って行った。

「ここには女が飲むようなものはないぞ。酒ならたんまりあるがな。でなんだ、話っていうのは」

加藤は飲み残しの缶ビールを手に取り一気に飲んだ。

「ご家族は？」

「馬鹿かお前は。あんなことがあって一緒に住めるはずねえだろ。女房子供は実家に帰ったよ」

「すいません」

有田は深々と頭を下げる。

「だから話はなんだってんだよ。俺もそんなに暇じゃねえんだ。職探しで忙しくてな」

そう言うと、加藤は冷蔵庫から冷えた缶ビールを持ってきて、有田に勧めた。

「ありがとうございます」

「お前がここに来た理由はわかっている。お前、なんかヤバいんだってな」

「どうしてそれを」

「俺にだってまだ情報は入ってくるんだよ。それでお前はどうするんだ？」

「あたしのことはどうだっていいんです。あたしは係長の潔白を証明します」

加藤は缶ビールの口を開けて飲み出した。

「潔白を証明するだ？　今さら何言ってんだ、てめえがまいた種だろうが」

「申し訳ありませんでした。全部あたしのせいです。本当に申し訳ありませんでした。だから罪滅ぼしをさせてください」

有田はその場で土下座をした。

「わざわざそんな事を言いに来たのか？　もういいから帰れ。二度とここに来るな」

加藤は立ち上がった。

「今回のこと、これからマスコミに行って全部話してきます。それで係長を復職させます」

有田も立ち上がった。すると加藤が有田の腕を掴み、顔を近づけた。

「お前、組織を甘くみるなよ。お前がジタバタしても何もできねえし何も変わらない。お前は一生この件を背負って生きて行くしかねえんだよ」

「そんなのおかしいです！　とにかくあたしが真実をマスコミに全部話してきます！」

「馬鹿野郎！　お前が何をするか組織がわからないとでも思ってるのか！　組織はすでに関係機関には根回し済みだ。マスコミにも同じだ。何をしても無駄なんだよ」

その言葉を聞き、有田はその場に崩れ落ちた。

「ごめんなさい。本当にごめんなさい」

両手で顔を覆いながら大泣きする有田の肩を加藤はポンと叩く。

「もうお前は余計なことはするな。俺はもう何とも思ってねえからよ。ちょうど良かったんだよ。こんな組織なら、こちらから願い下げだ。ほら、飲め」

差し出された缶ビールを受け取り、有田は一気に飲み干した。

*

朝の会議のあと自席に戻った佐伯は、卓上にメモが置いてあるのに気が付いた。

「三上からか」

佐伯はメモに記してあった番号に掛けた。

「はい、捜査一課殺人五係」

「神奈川県警本宮署の佐伯と申しますが、三上係長はいらっしゃいますか?」

「おお佐伯課長！　三上だ、元気でやってるか?」

「ああ、何とかやってるよ。そっちはどうだ?　天下の警視庁捜査一課ともなると色々大変だろ?」

「そんな大したことないって。どうだ、今夜あたり一杯やらんか?」

「いいね。俺も今日は空いているから久しぶりにやるか」

「じゃあ今日は新橋あたりでどうだ？　いい店見つけたんだ。お前もたまには都心に出てこないとボケるぞ」

「馬鹿言ってんな。俺はここで十分だ。じゃあ駅に着いたらまた連絡する」

この三上は警察大学校の同期で、大学卒業後も定期的に食事をして懇親を深めている。身長一八五センチの長身に加え、剣道六段で警視庁の代表選手でもある三上は、笑顔が魅力的な男だ。「警視庁刑事部のエース」との呼び声も高いが、警務部出身の俺となぜか馬が合い、お互いに愚痴を言い合う仲でもあった。


「お疲れさん」

「ああ、お疲れ」

二人は乾杯した。

「で、最近はどうよ。お前が刑事課長をやるとは思ってもみなかったが、もう慣れたか？」

「いや、全然慣れないね。動物園の園長になった気分だ」

「動物園とは面白いな。確かに課長は園長かもしれないな。色んな個性を持った刑事を扱わなきゃならんからな。お前のところにも言うことを聞かない奴いるだろ？　ホント今も昔も刑事の体質は変わらんよ」

「お前には頭が下がるよ。刑事として何十年もやっているんだからな。しかも捜査一課とは大したものだ。このあいだの殺しもお前の班でやったんだろ?」

「あれは防犯カメラのおかげだよ。現場付近のカメラにホシの映り込みがあってな。あとはそのホシの画像と前歴者とのマッチング検索をしてビンゴ!って感じだ。刑事は足で稼ぐ時代は終わったよ。捜査一課も今や科学捜査の時代だ」

「さすがだな。今の時代に合った捜査手法でないと捕まるホシも捕まらない。うちの刑事ときたら、時代に対応できなかった恐竜みたいな奴らがゴロゴロいるよ」

「まあそう言うな。いきなりイメチェンは難しいのよ」

二人は互いのグラスにビールを注ぎ、愚痴を言い合った。

「ところで三上、最近の刑事部をどう思う? 神奈川は所轄の刑事課員の不祥事案が連発しててな。しかも検挙率がここ数年、低迷している。このままだと県民の信頼を失いかねない」

「うちも色々と問題はあるけど、そこまでじゃないな。何しろ警視庁の検挙率が高いのはうちの部のおかげだからな」

「そうか。刑事部による検挙率が高いから多少の不祥事案には目をつぶるということか」

佐伯は三上から視線を外し、しばらくの間、無言になった。

「そういうわけじゃないけどな。お前、どうしたんだ? 何かあったのか?」

「いや。ちょっとな。うちは警視庁のようには行かないな」

「何が警視庁のようには行かないんだ？　もうちょっとわかりやすく言ってくれよ」

三上はコップに注がれたビールを一気に飲み干した。佐伯もそれに合わせるようにビールを飲み干した。

「お前は刑事部一筋、俺以上に刑事のことをよく知っている。しかも本人を前にしてあまり言いたくないが、お前はいい人間だ」

「なんだよ、気味が悪いな。一体どうしたんだ？」

三上は笑顔のまま、佐伯をまっすぐ見据えた。

「これはあくまでも例え話だが、お前は刑事部が解体されるとなったらどうなると思う？」

佐伯の言葉を聞き、三上は驚きの表情を浮かべた。

「刑事部解体って、そんなことあるわけないじゃないか」

「あるかないかじゃなくて、そうなったらどうなるかって聞いてるんだ。俺自身、それが正しいのかどうかわからないんだ」

「どうもこうも、刑事部が無くなったら誰がホシをパクるんだよ。うちらが担当する殺人や強盗、性犯罪、誘拐や放火等に加え、捜査二課が担当する特殊詐欺や企業犯罪、選挙違反、三課の窃盗、これだけの罪を他の部でやれると思うか？　しかも事件捜査の腕にしても他の部を圧倒している。刑事部を無くしたらそれこそ国民が納得しない。俺らも納得しないし、なにより、検挙率が下がるのが目に見えている」

「そうだな。悪い、変なことを聞いて」

「お前、本当に大丈夫か？　まさか誰かが刑事部解体を計画しているとか？」

「今の話は忘れてくれ。今の世の中、何が起きても不思議はないから、警察も思い切った施策がありなのかなと思っただけだ」

「お前らしくない。お前は根拠のない話はしない男だ。刑事部解体があり得るんだな？　誰が計画している」

「だからただの例え話だって言ってるじゃないか。気にするな。もしそうなったら真っ先にお前に話すよ」

「いや、俺は気にするたちなんでね。聞いてしまった以上、どうなっているのか聞くまで今日は帰らんぞ」

三上は焼酎をボトルで注文し、氷をグラスに乱暴に入れてその中に焼酎を並々注いで飲みだした。

「全く困った奴だ。いいか、俺も詳しい話は本当に知らないんだ。ただな、もしも刑事部解体なんてことになったら、どういうことが起きるのか、メリット・デメリットは何なのか三上の意見を聞きたいと思っただけだ。刑事部解体が実現するかどうかもわからん」

「お前そんなネタ、どこで仕入れた？　それが本当だったらえらいことだぞ」

「だから本当にそうなるかどうかわからんと言ってるだろ？　そもそも組織改変はキャリアの役目だ。俺らが首を突っ込む話じゃない」

「じゃあ何か？　お前は刑事部がなくなってもいいって言うのか？　お前だって今や刑事部の人間だろうが。そんなことだから課員から信頼されないんだよ」

「何だと？　この話とうちの課のことは関係ないだろ！　捜査一課だか何だか知らないが、何様のつもりなんだ？　お前らだけが日本警察の全てを背負っているわけじゃないんだ。刑事部がないと検挙率が下がるだと？　うぬぼれるな！」

佐伯はテーブルを叩いて立ち上がった。

「俺はもう帰る。飲みたきゃ一人で飲め」

佐伯は金をテーブルの上に叩きつけ、店を出た。

「おい！　何そんなに怒ってんだ！　佐伯！」

三上は普段は冷静な佐伯の豹変した態度に驚き、ただ茫然と佐伯の後ろ姿を見送っていた。

*

三上は刑事部長室の前で躊躇していた。昨日佐伯から聞いた話はあくまでも推測の域を出ない。すでに部長も御存じのことかもしれない。しかし、もし刑事部解体が本当で、部長がご存じないとしたら、これは問題だ。しかしいきなり部長報告というのもどうか。まずは一課長に報告して感触を掴んだ方がいいか。

三上は出直すことを決め、その場から離れようとしたその時、目の前の扉が開き、部長が部屋から出てきた。

「何か報告案件か?」

「はい部長、捜査一課の三上でございます。部長のお耳にどうしてもお入れしたい案件がありまして」

「そうか。入りたまえ」

「失礼します」

上田刑事部長には何度か事件関係で報告にあがったが、我々の話をよく聞いてくれる、気さくな印象のある人だ。

「どうぞ」

佐伯は上田に促され応接用のソファに腰を掛けた。

「それで、どういう案件だね?」

「はい、神奈川県警の知り合いから、刑事部に関する気になる情報を入手しまして」

「刑事部に関する情報? どんな情報かね?」

「はい、刑事部解体の噂です。部長はご存じですか?」

「刑事部解体？　そんな話は知らないね。その情報は確度が高いのか？」

「いや、まだ何とも言えません。ただその知り合いは何か隠しているように感じました。おそらく神奈川が何か画策しているのかと」

「そうか。もし君の言う通り、刑事部解体を神奈川が目論んでいるとしても、一つの県で勝手なことはできないし、警察庁も黙ってはいない。警視庁を含めた各県警本部長の了承も得ないと」

「はい。ですが何か気になってしまって」

上田は腕を組み、天を仰いで何か思案したあと立ち上がった。

「係長、ちょっと待ってくれ」

上田は自席に戻り電話をかけた。

「上田だ。総監の近々の会議の予定は入っているか？　通常の会議ではなくそれ以外だ。出席者は？　そうか、わかった」

上田は電話を切るとソファに戻ってきた。

「総監は一ヶ月後に全国警察の本部長を集めて会議をやるそうだ。私の知る限り、こんなことは初めてだ」

「そこで議題になる案件とは何でしょうか」

「それはわからん。しかしわざわざ全国警察のトップを集めての会議だ。何か特別な案件を議題にするだろう」

「刑事部解体について、では？」

三上が身を乗り出す。

「係長、君の印象では、その情報提供者が独断で事を進めていそうか？」

「いえ、このような案件ですから、おそらく後ろには本部長クラスの者がいるかと」

「神奈川県警本部長。ゼウスの仕業か」

「ゼウス？」

「ああ、本部長の角田はゼウスと呼ばれている。全能の神としてな」

「全能の神ですか」

「私と角田は同期でな。よく知っているんだよ。相当汚いことをやってあそこまでのし上がった男だ。彼なら刑事部解体なんていう大それたことをやりかねない。この案件が本当なら、角田は神奈川だけじゃなく、神奈川が発起人となって全国警察の刑事部を解体する気だろう」

「全国警察の刑事部解体って、たかが本部長一人がそんなことできるはずがない」

「一人じゃない。彼のことだ、すでに用意周到に準備しているだろう。すでに味方についている県警もあるかもしれない」

三上は息を飲んだ。

「部長、もしこの刑事部解体が本当だとしたら、警視庁はどうなるのでしょうか」

「刑事部解体が真に必要だと判断されれば、うちもそうせざるを得んな。問題は、この案件が本当だとして、角田はどうやって刑事部解体を実現するのか、だ。誰もが納得する理由付けがないと、各県警も、ましてや警察庁も動かない」

「それが一体なんなのか、想像もつかない」

三上は頭をひねった。

「それで係長、君が私にこの案件を持って来た理由は？　何を考えてる？」

「部長、率直に申し上げます。もし刑事部解体が本当の話であれば、部長のお力でこの件を何とか阻止していただけないでしょうか。幸いにも部長と角田本部長は同期だということですし、角田本部長に申し入れをしていただきたいのです。刑事部なくして治安維持は実現できません。どうか正しいご判断を」

三上は立ち上がって頭を下げた。

「まあ、座りなさい。係長の言いたいことはよくわかった。しかしな、角田に話をするにもこちらの情報が少なすぎる。何か突破口が欲しいな」

「部長、情報提供者は、本宮署の佐伯刑事課長です」

二人の間にしばし沈黙が続いた。

三上が口を開いた。

「佐伯課長との関係は？」

「はい、警察大学校の同期です」

「そうか。では現在の突破口はこの佐伯課長ということか。しかし大丈夫なのか？　同期を洗うことになるぞ」

「はい、やるしかありません」

三上は頭を下げた。

「さて、どう進めるかだな。案件が案件だから秘匿扱いで行かないと」

「はい、では早速、監察係に連絡をして佐伯の追跡を」

上田が三上の話を遮った。

「監察など使わん。警視庁には日本一の捜査機関があるじゃないか」

上田がにやりとする。

「うちの部を使うんですね？　望むところです！」

三上の声が弾む。

「ただ時間がないぞ。今日中に刑事部内で信頼できる者をピックアップしてくれ。ただし秘匿扱いだから人員は必要最小限度でな。足りない人員はうちの配下の者で補充する。人選ができたら刑事部長直轄の特命捜査本部を設置する」

「承知しました、では早速」

三上は立ち上がり部長室を出ようとすると、上田に呼び止められた。

「三上君、せっかくだから向こうにうちの部の力を見せつけてあげよう」

「はい！」

三上は上田に頭を下げ、部長室を出た。

佐伯、お前には悪いが刑事部は潰させない。警視庁刑事部の総力を挙げてお前達の企みを粉砕してみせる。

三上は自席に戻ったあと、早速人選を始めた。そして午後七時には選定が終了、部長に報告を入れた。そして午後八時、三上が信頼できる刑事部の人間が吸い上げられ、部長室に集められた。

「夜分にすまないね。三上係長からの報告で、君達は能力・人格ともに優秀だと聞いているのでここに集まってもらったんだが、そこで君達にお願いがある」

三上係長の他、聞き込みや尾行にたけた捜査三課から二名、防犯カメラやコンピューター等の解析部隊である捜査支援分析センターから二名の計四名が上田の次の言葉を待った。

「この二人を洗ってほしい」

上田は二人の写真を皆に配る。

「この男は？」

捜査三課の西川が口を開いた。

「甲と記載のある男が神奈川県警本部長の角田、乙が本宮署の佐伯刑事課長」

「ではこの二人の関係を洗えと？」

西川が写真を確認する。

「そうだ。詳細は話せないが、全国警察の刑事部に関わる案件だ。他に質問がある者は言ってくれ。君達にはこれから大仕事をやってもらうから、出来る限り質問には答えたい」

質問は誰からも出なかった。皆、この状況を理解したようだった。

「よし。では三上係長、任務付与を」

上田の命令で三上が任務付与を行う。

「甲と乙の行動確認を捜査三課で、二人の立寄り先等が割れたら防犯カメラの解析捜査を支援センターで行う。併せて、二人の携帯電話の通話記録もな。完全秘匿で行ってくれ」

「了解」

全員が立ち上がって上田に礼をし、部長室を出た。その後三上も上田に頭を下げ部長室を出ようとすると上田から声がかかった。

「三上係長」

「はい」

「君はどうする?」

「はい、取り急ぎ周辺者から二人の風評をとる予定です」

「君が動くと佐伯課長が勘付くだろ。君はデスク担当だ。各捜査員から上がってくる情報を精査しまとめてくれ」

「しかし」

「まあ、そう焦るな。ここぞという時には、君にお願いする。あと私への報告は君だけでいいぞ。他の者は部長室の下の階の対策室を押さえてあるから、そこで作業させてくれ。ただし、作成した報告書類やデータの外部への持ち出しは禁止だ」

「承知しました」

三上は上田に頭を下げ、対策室へと急いだ。

*

特命捜査本部が立ち上がってから二週間が経ち、三上は角田と佐伯の関係について上田に報告をした。

「部長、佐伯と角田は以前人事一課で上司部下の関係で、佐伯は『ゼウスの息子』と呼ばれて角田に可愛がられているようです。ここ最近も佐伯は頻繁に角田に会っています」

「なるほど。そうであれば今回の情報も角田からで間違いないな」

「はい、今回佐伯が本宮署の刑事課長になったのも、角田の差し金であることが判明しました」

「ふむ。しかしなぜ角田が佐伯君を刑事課長に据えたかだな」

「はい、そのへんはまだ未了ですが、ひとつ気になることがありまして」

「なんだ?」

「角田は定期的に所轄の刑事課長を集めて報告会を行っているようなんです」

「ああ、刑事課長会議か。それはどこの県でもやっていることだな」

「それがですね。所轄の三分の二の刑事課長しか集められていないんです」

「どういうことだ?」

「はい、集められた課長達の経歴を調べたところ、皆、警務部出身者で、しかも角田と上司部下の関係にあったものばかりなんです。当然、佐伯もその報告会に出席しています」

「そうするとだ、角田は自分の息のかかった者達を所轄の刑事課長にして、刑事部解体のために何かをやらせている、そしてその進捗状況を定期的に報告させている。こういうことか」

上田はうなった。

「部長、これはいよいよ本物かと」

「この報告会の内容は洗えるか?」

「今やっておりますが、現在まで詳細は不明です」

「わかった。引き続き進めてくれ。他に報告案件はあるか?」

「はい、佐伯の部下で有田という女性警察官がいるのですが、現在休職中との情報を入手しました」

「その女性警察官がどうかしたのか?」

「その有田の風評を入手したところ、彼女は佐伯の推薦で刑事課に入ったようですが、数週間のうちに体調不良を理由に休職しているのです。しかもそれと同じ時期に、加藤という有田の上司が退職しております」

「そうか。君がこの話をするということは、何か臭うということだな?」

「はい、本件と直接関係があるかはわかりませんが、洗ってみる必要はあるかと」

「よし。ではこの有田君から直接話を聞くとするか。しかし無理はするなよ。体調不良で休職中の身なんだろうからな」

「承知しました」

三上は西川に電話をかけたあと、有田の住所をメールで送信した。

*

三上からの下命を受けた西川は、事情聴取のため早速有田の家に向かった。

「はい、どなたですか?」

「突然で申し訳ありません。警視庁の西川と申します。ちょっと佐伯課長の件でお話を聞きたいと思いまして」

西川はドア越しに話をした。

「警視庁が佐伯課長のことで？」

「はい。ちょっとここでは話せませんので、もしよかったら部屋に入れてもらえないでしょうか」

「何も話すことはありません」

「ええ、わかってます。お手間はとらせません、では玄関でもかまいませんのでお願いします。ちょっとお話ししたらすぐに帰りますので」

西川は応答を待った。すると中からガチャリという鍵が開く音がした。

ゆっくりドアが開き有田の顔が見えたが、チェーン錠はかけられたままだ。

「初めまして。警視庁の西川です。神奈川県警の有田さんですね？」

西川は警察手帳を有田に示した。

すると有田はうなずき、ドアを一度閉めチェーン錠を外してから再度ドアを開いた。

「どうぞ」

「失礼します」

西川は上田が補充人員として用意してくれた女性刑事とともに部屋に入った。二人はリビングに案内され、そこで椅子に腰かけた。

「お茶でいいですか？」

「どうぞお構いなく。すいません、立ち入ったことを聞くようですが、どこかに引っ越しでも?」

「あてはないのですが、そのうち引っ越そうかと」

「そうですか。だから物が少ないいんですね」

有田はお茶を二人に差し出し、自分も椅子に座った。

三人でお茶を飲みながら、しばし無言になったが、西川が口火を切った。

「有田さん、率直に申し上げます。私達はあなたに何が起こったのかを調べています。あなたは佐伯課長の推薦で刑事課に配属になったあと、体調不良を理由に休職してますよね? これは事実ですか?」

有田は下を向いたまま黙っている。

「無理に話してくれとは言いません。私に話しにくかったら、ここにいる女性刑事に話をしますか?」

「いえ、大丈夫です」

「そうですか。では続けます。私は、あなたのように優秀な人がたった数週間で休職なさっているのがどうしても解せない。だから本当に体調不良なのかこの目で確かめに来たんです。私の見た感じ、あなたが病んでいるとは思えません。部屋の中も整然としているし、身なりも綺麗だ。それがわかっただけでも今日は収穫です」

その言葉を聞き、有田は涙を浮かべた。

「すいません、余計なことを言って。今日のところは帰ります。もし何か聞いてほしいことがあれば、電話ください。私はあなたの力になってあげられる」

そう言うと西川は、有田に名刺を渡して立ち上がった。

「お邪魔しました」

軽く頭を下げると、西川は有田に背を向けリビングを出ようとした。

「ちょっと待ってください」

有田が震える声で西川を呼び止めた。西川はゆっくり振り返った。

「退職した加藤係長を復職させてあげてください。係長は何も悪くありません」

有田は泣きながら訴えた。

「話を聞かせてください。何があったのか、包み隠さず全てを」

西川は椅子に座り直した。

*

「部長、失礼します」

「ああ、どうだった？　有田君は」

「はい。これが報告書です」

三上は西川が作成した報告書を渡し、上田が目を通した。

「ふむ。ということは、佐伯君が部下の有田君を使って加藤係長をハメたということか。しかしなぜそんなことを？」

「はい、有田の供述によると、佐伯は課を改革しようとしていたと。加藤係長は仕事はできるが上司の命令を全く聞かない輩だったようで、佐伯が改革をする上でこの加藤が障害になっていたのでしょう」

「なるほど。しかし、ここまでして加藤を排除する必要があったのか？」

「そこで支援センターからの報告を見てください。佐伯の通話記録を見ると、有田の件の前後、佐伯が頻繁に電話をしている者が割れました。それは角田でした」

「これは角田に対する報告だな」

「その通りです。おそらく佐伯は角田本部長から指示を受けていたと思料されます」

「しかしなぜ角田がそんなどうでもいい所轄の刑事を排除するよう指示したのか。それが納得いかん」

「はい、こうなったら、ネタ元である佐伯に直接当たるしか手がなさそうです。部長、佐伯の調べは私にやらせてくれませんか？」

「君は佐伯君に近過ぎる。他の者にやってもらった方がいいんじゃないのか？」

「奴が話をするとしたら、私しかいません。刑事部解体の話を私にした時、佐伯は苦しそうな顔をしてました。あれは納得していない顔でした。私ならやれます。お願いします」

三上は立ち上がって上田に頭を下げた。

「佐伯君にとぼけられたら、その時点でこの案件は終わりだ。しかもこの取調べで君と佐伯君との仲もおしまいになる。それでもやるのか？」

上田が射るような眼差しで三上を見た。

「はい。承知の上です」

三上のその覚悟を聞き、上田はいつも通りの穏やかな表情に戻った。

「よし。では君に任せる。いつ着手する？」

「今日の夜、着手します」

「わかった。うちの者を何人かつける。しかし一本調子の取調べでは佐伯君は話をせんだろ。何か策はあるのか？」

「はい、できることは全部やります。では失礼します」

三上は部長室を出ると、その足で科捜研へと向かった。

*

その日の夕方、三上は部長室で佐伯に連絡をとった。

「佐伯、このあいだは悪かったな。お詫びのしるしに今日一杯どうだ？　桜田門あたりで」

「ああ、構わないよ。ただな、このあいだの話はもう終わりだからな」

「もちろん。あの話はもう忘れたよ」

「じゃあ今日は良い酒が飲めそうだ」

「ちょっと残業するから、とりあえず警視庁本部の前に着いたら連絡くれ」

「わかった、着いたら電話する」

三上は電話を切った。

「どうだ？　大丈夫か？」

「はい、彼が本部に着いたらそのまま六階の対策室に上げます」

「そうか。君の言う秘策は準備できているのか？」

「はい、対策室の隣の部屋にすでに待機させてあります」

「わかった。うちの者二人を君の補佐で付けたから存分に使ってくれ。では頼むぞ」

「承知しました」

三上は部長室をあとにした。


本部受付から電話をもらい、三上は佐伯を迎えに降りた。

「おお佐伯、悪いな。もうちょっとかかるから、ちょっと中で待っていてくれ。部屋は用意してあるから」

「外で時間潰しててもいいいんだぞ。わざわざ部屋だなんて」

「まあそう言わずに。ここには滅多に来ないんだから見学でもしていろよ」

二人はエレベーターで六階まで上がった。

「ここで待っていてくれ。終わったらここに来るから」

三上は佐伯を部屋に案内すると、早々に部屋を出て行った。

「相変わらず忙しい奴だ」

佐伯は席に座ってスマホをいじり出した。

その後一〇分位して三上は戻ってきた。

「待たせたな」

「全然。仕事は大丈夫なのか?」

「ああ、大丈夫だ」

「なら行こう」

佐伯が席を立とうとした時、三上がそれを制止し、部屋のドアを閉めた。

「まあ待て。実はな、隣の部屋に科捜研の先生を待たせているんだ。ちょっと付き合ってもらっていいか？」

「科捜研？　何を付き合うんだ？」

「ポリグラフ検査。受けてくれないか？」

「ポリ？　何で俺が」

「有田里香の件だ」

「有田？　一体何の話だ」

佐伯の声がうわずった。

「有田の件でちょっと気になることがあってな。お前は彼女の元上司だろ？　だから協力してくれ」

「協力って、なんで俺がポリを受けなきゃならないんだ。そもそも何の権限があってこんなことしてるんだよ」

「ポリは任意だから権限も何も関係ない。ただ俺は協力を求めているだけだ。何も問題なければこんな検査受けても問題ないだろ？　早く終わらせて飲みに行こうや」

「お前、最初からこのために俺を呼び出したな。なんて奴だ。俺は帰るぞ」

佐伯は部屋を出ようとしてドアを開けると、そこには警視庁の職員証を首に掛けた男が二人立っており、佐伯の前に立ちはだかった。

「なんだ？　俺はホシ扱いか？」

「佐伯さん、部屋に戻ってください」

男が佐伯に申し向ける。

「お前らどこのもんだ？　これはどんな事件なんだ？　説明してみろ！　俺は何の事件の容疑者なんだよ！」

佐伯は声をかけた男を突き飛ばした。

三上が後ろから佐伯を取り押さえた。

「佐伯！」

「お前が検査を拒否するというならそれでも構わん！　ただな、俺達は刑事部長の下でこの事案にとっかかってるんだ！　お前が協力しなくても、この事案はいずれ明らかになるぞ！　どうする佐伯！」

三上は佐伯の襟元を掴んで叫んだ。

「お前、部長に話したんだな。あれほど首を突っ込むなと言っておいたのに」

佐伯は肩を落とした。

「前にも言っただろ？　俺は気になったら首を突っ込むたちなんだ。佐伯、もう十分だろ？　角田の言いなりなんかになってこれ以上手を汚すな」

三上は掴んでいた手を離した。すると佐伯はフラフラとして椅子に腰を落とした。

「お前が真実を知ってどうする？　何ができるんだよ」

「部長にご報告して正しいご判断をしていただく。それだけだ」

「部長をどこまで信用できるんだ。あの人だっていずれは警察庁に戻るキャリア官僚だ。地方公務員の俺達のために国家公務員の仲間を売るようなことをするか？　状況を把握したあと握り潰しにかかるかもしれないぞ」

「そんなことはない。あの方は刑事部長だ。万が一、潰しにかかったとしても、俺がいる」

佐伯は肩をすくめて溜息をついた。

「科捜研の先生には帰ってもらえ。何が聞きたい」

「全てだ。有田の件やお前と角田との関係、その全てだ」

佐伯はうなずいた。

「俺はクビか？」

「わからん」

「これで俺も終わりか」

佐伯は天を仰いだ。

「そうとも限らん。お前からの話次第では救えるかもしれない」

「無理するな。でもお前で良かったよ。このまま有田のことを抱えていくには辛すぎた。じゃまずは、刑事部解体の話からするか？」

「ああ、頼む」

三上はパソコンを開き報告書作成の準備をした。

「話は長いぞ。とりあえず喉がカラカラだ。お茶くらい飲ませてくれよ」

「おい！　誰かお茶を買ってこい！」

三上は外にいた二人に指示した。

「佐伯、これが終わったら飲みに行くぞ。俺のおごりだ」

「当たり前だ。さあ、早く済ませよう」

三上が対策室のドアを閉めた。

*

三上は刑事部長室において、上田に対し最後の報告を行った。

「そうすると、角田は刑事部における不祥事案を理由に刑事部の解体を目論んでいることになるな」

「はい。しかし、いくら不祥事案が多いからといって、そんな理由でいとも簡単に刑事部を解体できるものですかね？」

「総監とのつながりはどうだ？」

「角田は総監と定期的に会合を開いているようですが、その内容までは」

「佐伯君は刑事部解体の件は総監了承済みだと言っていたんだな？」

「そう角田から聞いたと」

「では総監と角田はつながっていると見た方が自然だな。あの二人は同郷だし、何より角田は総監と同じルートを歩んでいる。次期総監の可能性もある」

「奴が総監に？　それでは今回奴の計画を阻んだとしても、奴が総監になった時にまたやるんじゃないですか」

「今は先のことを言ってる場合じゃない。角田が総監を押さえているとなると、刑事部の不祥事案についての検証結果は必要ないわけだ。刑事部が起こす不祥事案が県民の信用失墜につながっていることさえ証明できれば」

「しかし何だって奴は刑事部にこだわっているんです？　他の部でも不祥事案なら起きているじゃないですか」

「角田は刑事部を解体したいんだよ。他の部は関係ないんだ」

「そんな」

三上は言葉に詰まった。

「なぜ角田がそこまで刑事部にこだわるのか君にはわかるか?」

「いえ」

「今回の案件だが、角田ほどの男が私情で企てたとは思いたくないが、それを思わせることが過去にあってな。我々キャリアのあいだでは有名な話だ」

「部長、差し支えなければその話を教えていただけませんか?」

上田は少し間を置いて口を開いた。

「あれは角田が刑事課長として所轄で勤務していた頃の話だ。君も知っての通り、我々は捜査経験を積むため、一定期間所轄で勤務することになっている。その時に角田は酷い仕打ちを受けた」

「仕打ちとは?」

「その当時、我々キャリアは所轄から敵視されていた。言ってみれば叩き上げとキャリアとの確執だな。角田はその敵対心むき出しの刑事課の課長だ。何が起こるかは想像に難くない」

「なるほど」

「角田は着任初日から部下に無視され、あっという間に孤立してしまった。まあ、ここまでなら角田も耐えられたんだろうが、その後角田に決定的なことが起きた」

「決定的なこと？」

「君も課の慰安旅行とかに参加したことがあるだろ？　けっこう激しい旅行らしいじゃないか」

「はい、今でこそ穏やかな旅行になりましたが、昔は先輩達が大酒飲んで上司と殴り合いの喧嘩を始めたり、後輩を朝まで説教してみたりと、それはとんでもない旅行でしたよ」

三上は笑いながら話したが、上田は笑うどころか厳しい顔になっていた。

「それだよ。角田はその旅行に参加して酷い目に遭わされたんだ」

上田は腕を組み、目を閉じた。


「課長！　ほらほら、どんどん飲んで！　刑事課長たるもの、酒が飲めなきゃ、やっていけませんよ！」

夕食のあと、角田の部屋に部下が集結し宴会が始まった。

「私はあまり酒が強くないんで」

「まあまあ、課長はもう二度と所轄には来ないんだから、思い出作りしましょうよ！」

部下は全員が酩酊状態だった。角田の脇には古株の宮田が陣取り、常に角田のグラスに酒を注いでいた。角田が立ってその場を離れようものなら、宮田が角田の腕をグイと掴みその場に座らせていた。

「しかし課長、将来の本部長候補がうちの課長として来てくれて嬉しいですよ。私の昇進もお願いしますよ」

「いやいや、課長は筋がいいから総監も狙えるぞ！　ねえ課長、宮田係長はもう歳だから私を使ってくださいよ。運転手でもいいのでお願いします！」

「お前は運転が下手だから無理だ！　課長、俺を運転手に！」

部下は異常なほどに盛り上がっていた。角田にはこういう雰囲気が耐え難かった。

「おい、課長のために買っておいた例のものを持ってこい！」

宮田の指示で若手が日本酒を持ってきた。

「課長、この日本酒いけますよ～。皆で一杯やりましょうよ！」

「いや、私は日本酒は」

角田が断ると、宮田が力任せに角田の肩を掴んだ。

「課長さんが先にいかないとみんなが飲めないじゃないか。ほらほら、大丈夫だから」

宮田は角田のグラスに日本酒を注ぐ。

「しかし本当に日本酒は飲めないんだ」

「なんだ？　じゃあ何が飲めるんだよ。酒はワインしか飲まないってか？　恰好つけてんじゃねえよ」

宮田が角田に罵声を浴びせた。

「課長補佐はどこに行った！　ほら、課長さんが寂しがっているから補佐も呼んで来い！」

若手に向かって宮田が空のビール缶を投げつける。

「補佐は酔っ払って自室で寝てます」

「奴も使えねえな。じゃあ課長さん、仕方がない、飲むしかないな」

宮田が角田に顔を近づけ睨みつける。

「では少しだけ」

「そうこなくっちゃ！　みんな、飲め飲め！」

皆のグラスに日本酒が行き渡る。

「そんじゃ、課長さんの前途を祝して乾杯！」

「乾杯！」

角田がグラスに口をつけると、他の者達は一気に飲み干してしまった。

「いや～、うまい！　やっぱ日本酒だな」

角田は一口飲んでグラスをテーブルに置き、水を飲んだ。

「あんた何やってんだ！　水なんか飲んだらせっかくの日本酒が不味くなるじゃねえか！　ホントにキャリアはお子様だな。ほら、あんたの部下が見てるぞ。ここで男みせないと一切相手にされないぞ。一気飲みだ」

宮田が角田にグラスを持たせ無理矢理日本酒を飲ませた。

「ブヘェッ！」

角田は口から日本酒を吹き出した。

「うわっ！　きたねえな！　吐くならトイレでやれよ。全く情けない。おい、誰か課長さんをトイレに連れて行ってやれ」

若手がまともに歩くこともできない角田を抱きかかえながら部屋を出て行った。

角田がトイレに籠っている間も宴会は続いていた。

「係長、課長がトイレに行ってから三〇分以上も経ちますが大丈夫ですかね？」

「もう死んでんじゃねえのか？　全く手が掛かるガキだ。誰か見てこい！」

若手二名が急いで部屋を出て行った。

それから一〇分位して、角田が若手に支えられて部屋に戻ってきた。

「課長！　待ってました！　全部吐き出したんだろうから飲み直しと行きましょう！」

皆の拍手で迎えられた角田は、すでに意識朦朧状態だった。

「課長！　席を温めておいたから早く座って！　みんな、飲み直しだ！」

「了解！」

その後も宴会は延々と続き、角田は強制的に酒を飲ませられた。

「そろそろお開きにして風呂でも入りに行くか。おら課長、お開きにするぞ。こりゃダメだ、完全に潰れている」

「係長、課長はどうします？」

「このまま放置しておくか。いや待てよ。ちょっとドッキリでも仕掛けるか。おい、お前達二人は残ってくれ」

宮田は若手二人の顔を見てニヤリとした。


次の日の朝、旅館一階のロビーで全裸で寝込んでいる角田が発見された。


上田が目を開いた。

「この件を重く見た監察は、集団的ないじめがあったとして事実調査を行ったが、結局誰も口を割らず、角田自身が酔ってやったこととして角田は本部長から注意を受けた。これが全貌だ」

「なんてことだ」

三上がうなった。

「しかもな、その舞台となった署が、佐伯君のいる本宮署なんだよ。自分の懐刀である佐伯君を本宮署に送ったのも納得だ」

「佐伯は角田にいいように使われたということか」

「実際のところはどうだったかわからんが、角田はその件で期間満了前に警察庁に引き戻された。この件がなければ彼はとっくに総監になっていたよ」

「これが刑事部解体の動機だと?」

「わからん。いずれにしても私が角田と話をしなければならないね。私も同期として、彼が邪な思いで刑事部解体を目論んでいるのなら止めないと。明日、彼と会ってくるよ」

「わかりました。他に何かできることはありますか?」

「いや、もう十分だよ。ありがとう」

「うまくいくことを祈っております」

三上は上田に頭を下げ、部長室を出た。

*

上田が角田と会った日の翌日、特命捜査本部員が部長室に集められた。

「昨日の夜、角田と会って来たよ。彼の言い分も全部聞いた。少し偏った面もあるが、彼の考えも理解できた。刑事部解体についてはもう少し検討するよう言っておいた」

「それで角田は何と?」

三上がせっつく。

「再検討の余地があるとして、総監に報告することを約束した」

「本当ですか！　やった！」

全員から歓声の声が上がった。

「部長、佐伯の件はどうなるのでしょうか」

三上が不安そうな顔で上田を見つめた。

「それについても話しておいた。しかるべき処分は下されるだろうが、おおやけに処分すれば角田の件も明るみにでる。大丈夫だ」

「良かった」

三上は胸を撫で下ろした。

「君達には大変お世話になった。現時点をもって当本部は解散する。本件については他言無用、今をもって全て忘れてくれ。皆、ありがとう」

上田が皆に頭を下げた。

「とんでもない、部長のお役に立てて光栄です。皆、よく頑張ったな。各課に戻っても引き続き都民の為に全力を尽くしてくれ！　気を付け！　部長に礼！」

全員が立ち上がり上田に礼をしたあと、どこからともなく拍手が巻き起こった。

＊

特命捜査本部解散から一カ月が経ち、刑事部解体の危機などなかったかのように捜査員は日々発生する事件の解決に向けて邁進していた。

あれ以来、佐伯と連絡を取りづらくなっていた三上だが、佐伯を案じて本宮署に電話をしてみた。

「警視庁捜査一課の三上ですが、佐伯課長はおりますか？」

「佐伯ですか？　佐伯は先週人事一課に異動となりましたが」

「人事一課？　担当は？」

「監察係です」

「わかりました。ありがとうございます」

三上は電話を切った。

佐伯が監察だと？　降格どころかご栄転じゃないか。

三上は携帯で佐伯に電話をした。

「はい」

「佐伯か？　俺だ、三上だ。大丈夫なのか？」

「何がだ？」

「何がって、あの件でお前がどうにかなってるんじゃないかと」

「どうにもなっていない。用件がないなら電話を切るぞ。忙しいんだ」

「ちょっと待てよ。お前、人事一課に異動したんだって？　何もお咎めなしでよかったじゃないか」

「お咎め？　何で俺がお咎めを受けるんだ？」

「だってお前、あの件でもう自分は終わりだって言ってたじゃないか」

「何の話だ？　もう切るぞ」

「おい！　まだ話は終わってない！　お前まだ角田とつるんでいるのか？　もうやめろ！　ろくなことないぞ」

話の途中で佐伯が電話を切った。

「あの野郎、何なんだよ」

そのあと三上は佐伯に何度か電話したが、佐伯が電話に出ることはなかった。

その日の夕方、三上は刑事部長室を訪れた。

「部長、失礼します」

「おお、三上君か。元気そうだな。今日はどうした？」

「はい、もう部長の手を離れているかと思いますが、ひとつ気になることがございまして」

「なんだ？」

「本宮署の佐伯の件ですが、どうやら人事一課監察係へ異動したようです」

「ほう、それはご栄転だな。同期の君としても喜ばしいことなんじゃないのか？」

「それはそうなんですが、なにか佐伯の態度に違和感を覚えまして」

「違和感？」

「はい、電話で話したんですが、何かそっけないというか、例の件がまるでなかったかのような話し方だったんです」

「それは気のせいだろ。彼も事態の収拾で忙しいだろうから、そんな感じを受けたんじゃないのかね？」

「そうであれば問題ないのですが、佐伯がまだ角田とつながっているような気がしてならないのですが」

「角田と？　それはないだろう。角田も当分はおとなしくしているだろうし、彼も馬鹿ではない。今このタイミングで佐伯君とつるんでいると、どうなるかぐらいはわかっている」

「そうですね」

「いずれにしてもあの件はもう忘れなさい。刑事部の危機は去った」

「わかりました。ありがとうございました」

「私はまだここの部長でいるから、また何かあれば遠慮なく訪ねてきてくれ」

上田が手を差し出し、三上と固い握手を交わした。

「ああそうだ、捜査本部で作成した報告書類はどこにある？」

「はい、私の方で全て保管しておりますが」

「そうか。ではその報告書類を全部ここに持ってきてくれ。今後のために私の方でまとめておきたい」

「承知しました。では早速」

「外にうちの者を待たせてあるから持たせてやってくれ。印字した画像もデータも全てな」

「はい」

三上は部長室を出ると、そこには顔を知った二人の男が立っており、三上に対して頭を下げた。

「三上係長、ご無沙汰です」

「おお、あの時の取調べで立ち会ってくれた二人だな。元気でやっているか？」

「はい、おかげさまで元気です」

「それは良かった。一緒に来てくれ。報告書類を取りに行く」

三上は二人を連れて資料室に向かった。

＊

その後の三上は、北川署管内で発生した殺人事件の捜査に従事していた。

「係長、お久しぶりです。捜査三課の西川です。今、お電話大丈夫ですか？」

「おお主任、久しぶりだな。どうした？　飲み会のお誘いの電話か？」

「できれば二人っきりで話がしたいのですがこれから会えませんか？」

「これから？　一体どうしたんだ」

「我々が従事した例の案件で気になる情報を掴みまして。詳しくは会ってから話します」

「わかった、今どこにいる？」

「実はもうそちらの捜査本部の近くまで来ているので、喫茶店かどこかで話ができれば」

「いいよ。これから出るから署の前でドッキングしよう」

「いや、店を指定してくれれば私が先に入って席を取っておきます。係長、念のため、尾行には気を付けてください」

「尾行？　誰かに追われているのか？」

「念のためです」

「駅前にサンドっていう喫茶店があるからそこに向かってくれ。俺もあとから行く」

電話を切った三上は、西川からの突然の連絡に驚いたが、捜査員に所用で少し外に出る旨を告げて急いで捜査本部を出た。

「お呼び立てしてすいません。コーヒーでよろしいですか?」

「ああ、ありがとう」

西川が店員にコーヒーを注文する。

「主任がわざわざここまで来て俺に話がしたいということは、よほどの事だな」

「いや、大したことではないと思うのですが、何か嫌な予感がしまして」

「嫌な予感か。いいから話してみてくれ」

「ありがとうございます」

二人はコーヒーをすすった。

「これは神奈川県警の知り合いからの情報ですが、神奈川は近々に刑事部を解体して生活安全部に統合する方針が固まったと」

「刑事部解体だと?　そんな馬鹿な」

三上は目を見開いた。

「裏を取ったわけではないので、この情報の確度がどれくらいかはわかりませんが、その知り合いは、警視庁はどうするのかと聞いてきました。当然、私には初耳のことだったので知らないと答えましたが。係長はご存じでしたか？」

「寝耳に水だ、知っているわけがない。つい先日部長にお会いした時も、刑事部の危機は去ったとおっしゃっていたが」

「そうですか。ならいいのですが」

「なんだ主任、はっきりしないな。何か言いたいんじゃないのか？」

「いや、我々の知らない所でまた刑事部解体が進んでいるような気がするのですが」

「そうか」

三上はコーヒーを飲み干した。

「とりあえず俺はこの件を部長に入れておくよ。このあいだの部長の話しっぷりだと、今の話は部長も寝耳に水のはずだ。早めに手を打っておかないと」

「部長への報告はもう少し様子を見てからでどうでしょうか？」

「なぜだ？　もしこれが本当だとすると、我々の手には負えん。部長のお力が必要だ」

「係長、さきほど私は尾行に気を付けるよう言いましたよね？　これはあくまでも私の勘ですが、当時特命本部に従事した者は全員尾行されていると思います」

「全員が？」

「はい。ここ何日か私は誰かに尾行されています。自分も尾行のプロです。間違いありません」

「そうか。しかし何のためだ」

「目的はなんとなくわかります。係長の方はどうですか？」

「俺はここ数日間捜査本部に泊まり込みだから、俺に張り付いていても収穫なしだろう」

「係長なら尾行している者がいたとしてもわかるでしょうが、支援センターの者は尾行されていても見破れません」

「そうだな」

三上はコーヒーのお代わりを注文した。

「それで？　うちらを尾行する理由は？」

「はい、我々が刑事部解体についての捜査を再び開始しないかどうか監視するためではないかと」

「なるほど。しかしそれが本当だとしてもだな、俺達が特命に従事していたことは部長以外に知らないぞ。どこから漏れるんだ」

「だから、部長への報告は少し待ってもらいたいと言ったんです」

「お前、何を考えているんだ」

三上が西川を睨みつける。

「だからそういうことです。係長、何か凄く嫌な予感がするんです。今日来たのは、この件の再捜査のお願いではありません。気を付けるよう係長に直接会ってお伝えしたかったからです。じゃなきゃ私も尾行されているのを承知でここまで来ません」

西川が必死に訴えた。

「わかった。知らせてくれてありがとう」

「はい。係長も気を付けてください。先に出ます」

西川は三上に頭を下げたあと、周囲に目を配りながら店を出た。

三上は西川を見届けると、二杯目のコーヒーをすすりながら考えを巡らせた。

*

一方、角田は刑事部解体の発表のタイミングをうかがっていた。

「角田君、報道にはいつ発表する?」

桐谷は空になった角田のグラスにビールを注いだ。

「警察庁への根回しなしでうちが単独発表するとなると、さすがに警察庁も黙っていないのでは」

「刑事部解体の材料はすでにまとまっているんだろ? 神奈川の各署でこれだけ不祥事案が続発しているとなれば、警察庁も刑事部解体を検討せざるを得ない」

「それならなおさら、事前に刑事部解体を検討していることを警察庁に上げておかないといけないのでは」

「事前に、か。ならば事前に報告できない状況が生まれれば良いのだな」

「というと?」

桐谷はグラスに並々注がれたビールを一気に飲み干したあと、口を開いた。

「今ちょうど、刑事部解体を決定づける一撃が思い浮かんでな。マスコミも呼べるし一石二鳥だ。ただそのためには君の配下の者に腹を切ってもらわなければならん」

角田は空になった桐谷のグラスに更にビールを注いだ。

「一人いるだろ。警視庁に余計なことを喋った裏切者が。もはやゼウスの息子でもなんでもない。キリストを裏切ったユダと同じだ。どうだ? できるか?」

「もちろんです。仰せの通りに」

角田もビールを一気に飲み干し、桐谷からの返杯を受けた。

「神奈川も少なからず痛みを伴うが、それ以上に利益の方が大きい。直ちに取りかかってくれ。これを引き金にして刑事部解体の発表だ」

「承知しました。これで我々の本懐が遂げられます」

角田は頭を下げた。その時、宴席の扉をノックする音が聞こえた。

「おう、入ってくれ」

桐谷が声をかけた。

「失礼します」

「待ってたぞ。忙しいところ悪かったな。さあ一杯やってくれ」

桐谷がグラスにビールを注ぎ、男に持たせた。

「これで役者が揃ったわけだ。君達は近いうちにそれぞれ重要なポストに就いてもらうわけだから、これからも協力してな」

「はい、承知しました」

二人が桐谷に頭を下げた。

「それでは皆で乾杯しよう。未来の警察のために」

「未来の我々のために」

角田が音頭を取り、三人はグラスを合わせて乾杯した。

*

その頃三上は、殺人事件の被疑者を検挙し、北川署に設置していた捜査本部を解散し警視庁本部に戻っていた。

「係長、これ読みました？　神奈川はこれで終わりですね。これでまたうちの部は締め付けられますよ」

「神奈川で何かあったのか？」

三上は部下が持って来た週刊誌を手に取り、目を通した。

「これは。誰がリークしたんだ」

三上は息をのんだ。


『神奈川県警人事一課の佐伯警部（三四歳）は、当時刑事課長として勤務していた本宮署で、言うことを聞かない部下に対し難癖をつけては規律違反として課から追い出し、また当時部下であった強行犯捜査係長を、女性警察官を使って性的被害を受けたとの虚偽の申告をさせて退職に追い込んだ疑惑が……』


三上は週刊誌を部下に付き返すと、急いで電話をかけた。

「もしもし、警視庁の三上ですが、佐伯係長はおりますでしょうか」

「申し訳ありません。佐伯は所用で県警本部に行っておりまして、今日は戻る予定はありません」

「そうですか。わかりました」

三上は電話を切ったあと、携帯電話で佐伯に電話をかけたがつながらなかった。

〈大丈夫か？　一体何が起きたんだ？　有田がタレ込んだのか？〉

三上は携帯でメールをすると、少し経ってから既読になった。

「佐伯、返信くれ。頼む」

三上は祈るような気持ちで返信を待ったが、帰ってこなかった。

三上は携帯をポケットにしまうと、その携帯がブルブルとうなったのがわかり、すぐに取り出して確認した。

〈俺はもうダメだ。ハメられた〉

〈誰にハメられたんだ〉

〈お前はもう関わるな。いいか、誰も信用するな〉

〈誰も信用するなってどういうことだ〉

三上は返信したが、もう既読になることはなかった。


佐伯の件が週刊誌にすっぱ抜かれた翌日、角田は報道を集めて会見を行った。

「この度は、当県警に勤務する佐伯警部に関することが週刊誌に掲載されましたが、事実調査を急ぐとともに、調査結果を踏まえて厳正に対処いたします」

「本部長、週刊誌に掲載されている内容は事実であれば、大変なことですよね？　どうお考えですか？」

「まだ何とも言えませんが、事実であれば誠に遺憾であります」

「この佐伯警部と退職した係長との関係は険悪だったと書いてありますが、これは事実ですか？」

「それについても現在調査中であります」

「ここに掲載されている有田さんは現在休職中ってことですが、何が原因で休職しているんですか？」

「現在まで体調不良のため休職中との報告を受けております」

「本当ですか？　良心の呵責でおかしくなったんじゃないですか？」

「そろそろ会見は終了いたします。事実が判明次第、また報告します」

県警広報官が角田に退室を促す。

「ちょっと待ってくださいよ、有田さんからは何も聞いていないんですか？　本部長！」

「本部長、そろそろ時間ですから」

広報官が立ち上がり角田を出口に誘導しようとしたが、角田がそれを遮った。

「この場を借りて、報道の皆さんに重大な発表をいたします」

「本部長、何を」

広報官が席に座り直した角田を見つめた。

「おいおい、何だよ。重大発表なんて」

報道陣がざわめいた。

「この一年で当県警刑事部における不祥事案が後を絶たず、誠に遺憾の極みであります。当県警としても、刑事部の存続自体が問われている現状にありますが、ここで皆さんに報告いたします」

報道陣が静まり返った。それを見て角田は一息ついてから言葉を発した。

「当県警は、この現状を重く受け止め、県民の信頼回復のため、刑事部を解体し生活安全部に統合することで意見がまとまりました」

「刑事部解体だと！」

「それは決定事項ですか！」

「他の県警はどうなるんですか！」

報道陣が一斉に角田に対して質問を浴びせた。

「現在、警察庁を含め、各県警と調整を図っているところではありますが、近々に体制が決まると思いますので、決定次第、またご報告いたします」

「本部長、何を言ってるんですか」

うろたえる広報官を横目に見ながら、角田は立ち上がり、報道陣に向かって一礼したあと、広報官を残して会見室をあとにした。

角田の会見がテレビで流れたその時、三上は警視庁本部において刑事部主催の検挙対策会議に出席していた。

「いや〜、今日もグリグリやられたな。そもそも刑法犯の認知件数が減少しているんだから、検挙しろって言われてもな」

「そうですよ。なんか最近の刑事部長は態度が変わりましたよね？　以前と比べてとても厳しくなってきたような」

「立場上、部長も厳しく言わざるを得ないんだろうな。我々はできることを粛々とやるだけだ」

「はい」

会議が終了し、三上が部下と話をしながら捜査一課に戻ると、課内が騒然としていた。

「なんだ？　事件でも入ったか？」

「事件と言えば事件ですよ！　神奈川がぶち上げましたよ！　刑事部の解体を！」

部下が吠えた。

「刑事部の解体？」

三上の顔が険しくなる。

「神奈川県警の本部長が、例の佐伯警部についての会見の際に刑事部の不祥事案が多いからっていう名目で刑事部の解体をする意向を発表したんです」

「なんだと！」

三上はスマホでネットニュースを検索し、角田の会見の様子を確認した。

「なんてことだ」

三上がスマホの画面を見ながら固まっていると、捜査一課長の四谷が課長室から出てきて課員に対して檄を飛ばした。

「おい、ちょっと聞いてくれ！　皆も知っての通り、神奈川が今大変なことになっているが、うちらはそれにかまってる暇はないぞ！　やるべきことをやる！　加えて言っておくが、うちは刑事部解体なんぞ、あり得ん！」

「はい！」

四谷の檄を受け、課員が呼応した。

「課長の言う通りだ。全国一の警視庁刑事部がなくなるはずがない。他の県警と一緒にするな」

「当たり前だ。うちは全国一の捜査部門、なくなったら誰がホシをパクるんだ」

課員がガヤガヤと騒ぐ中、三上は何が起きてなぜこうなったのか、必死に頭を回転させていた。

「係長？　どうかしたんですか？　なんか顔色悪いみたいですが」

「いや、何でもない」

「やですよ係長、まさか係長はうちも神奈川にならって解体されるとでも思ってるんですか？　そんなことあるわけ」

「あるかもしれない。この世の中、何でもありだ」

目をパチクリさせる部下の肩をポンと叩いた三上は刑事部長室へと向かった。

*

尾行の件や週刊誌へのリークといい、どう考えてもその渦の中にいるのは上田部長だ。西川にはもう関わるなと言われたが、もともとネタを持ってきたのはこの俺だ。事の真相を確かめなければ気が済まない。

部長室に着くと、いつも開放されている扉が閉まっていた。

「部長はいるか？」

秘書に尋ねる。

「今、部長は捜査一課長と会議中です」

「一課長と？　どんな案件だ」

「ちょっとそこまでは。もう三〇分以上経ちますから空いたらお声かけしますので自席でお待ちください」

「いや、ここで待つ」

三上は部長室前にある椅子に腰を下ろし腕を組んだ。

「係長、ここで待たれても」

「うるさい！　至急の用件なんだよ」

三上は秘書を一喝した。

すると一〇分位して部長室の扉が開き、四谷が中から出て来た。

「課長！」

三上に声をかけられた四谷は、驚きの表情を浮かべた。

「なんだ三上か、ここで何をしているんだ？」

「課長こそ、部長とはどんな案件で？」

「ああ、人事案件だ。部長はお忙しいようだから報告関係はあとにした方がいい」

四谷は三上の肩をポンと叩き、その場をあとにした。

三上が部長室の方を見ると、秘書が慌てて部長室に入っていくのが見えたので、それに乗じて三上も部長室に入ろうとすると、すぐに秘書が出てきて三上を遮った。

「部長はこれから所用で外出されます。また明日、アポを取ってください」

「どけ」

三上は秘書をどかして部長室に入った。

「失礼します」

「ああ、三上君か。今日はちょっと忙しいからあとにしてくれないか」

「部長、どういうことですか?」

「今日はこれから外出するからまたあとにしてくれ」

上田は自席に戻り上着を着た。

「ちょっと待ってください。刑事部解体はなくなったんじゃないんですか?」

「神奈川のことか? 何か問題かね?」

鞄を持って部屋を出ようとする上田の背後から三上が呼び止めた。

「部長! 部長はこうなることを知っていたんですね!」

上田が振り返り、三上をギロリと睨んだ。

「三上君、少し言葉が過ぎるようだな。今すぐ出て行きなさい」

上田は三上の方を見ながら扉を開けた。

「部長は刑事部の危機は去ったとおっしゃったじゃないですか! 納得できません、説明してください!」

上田は一息ついてから扉を閉めた。

「そこに座りたまえ」

「失礼します」

上田は鞄を机上に置き、二人はソファに腰を下ろした。

「最初に言っておくが、君がこの案件の全容を知ったとして、この期に及んで君に何ができる?」

「前回同様、叩き潰すまでです」

三上が上田を睨みつけた。

「刑事部の連中は相変わらず言うことが下劣だな」

上田は薄ら笑いを浮かべた。

「そう言う部長はどうなんですか。部長はどちらの味方なんですか?」

「味方もなにもない。国民にとって利益となる方の味方だ」

「ではお伺いしますが、部長は刑事部解体が国民にとって有意義だとお考えですか?」

「神奈川はそう判断したんだから、私がその判断にいちゃもんをつけられんだろ」

「ふざけないでください! 角田と佐伯についての捜査をさせたのはあなたじゃないですか!」

三上は立ち上がった。

「捜査? 私は君の意見具申により彼らの関係について事実調査を下命したまでだ。調査の結果、関係は認められたが、角田本部長と佐伯課長は師弟関係にあるから、関係があっても不思議じゃない」

「なっ」

三上は言葉を失った。

「君が調査した結果だろ? そんなに驚くことはないだろう。君の用件はこれだけか? なら出て行ってくれ」

上田は立ち上がり、扉を開け三上に退室を促した。

「神奈川の刑事部解体は警視庁にも波及するんですか？　教えてください！　部長！」

三上は思わず上田に掴みかかった。

「離したまえ！　身の程をわきまえろ！」

上田が三上を恫喝すると、三上は手を離して後ずさりした。

「君達はよくやってくれたよ。君達が保秘を徹底してくれたおかげで、誰にも邪魔されずにことがスムースに進んだ。君の捜査も実に面白かった。ポリグラフ検査とは、さすがは警視庁捜査一課の刑事、感服したよ。警視庁にも波及するかって？　それはこれからわかることだ。君はもう余計なことはせずに静観していなさい」

上田は三上の肩に手を乗せ、ポンポンと軽く叩いた。

「あなただったんですね？　俺らに尾行をつけたのは」

「あの捜査三課の彼、名前はなんて言ったかな。うちの連中の尾行に気づくとは、さすがだ。彼にも新しいポストを用意してあるから安心しなさい」

「新しいポスト？」

「君にもしかるべきポストを用意してあるから心配いらないよ。私は個人的には君のことを気に入っているからね」

上田は顎をしゃくって再度退室を促した。

「あんたを信頼した俺が馬鹿だった。こんなことしてあんた、きっと後悔するぞ」

「それは脅しかね？　キャリアの私にそんな口を叩くとはいい度胸だ。君がおとなしくしないと言うなら、こちらにも考えがある」

「何だと？」

三上が上田ににじり寄った。

「特命に加わった者達はな、全員昇進させる予定だ。しかも希望する署に異動させるというおまけ付きでな。君以外の者はすでに内示をもらっているんだよ。今ここで君がバタバタすると、君の大事な刑事部の仲間が路頭に迷うことになるかもしれない」

「クソ食らえ！」

三上はそう吐き捨て部長室を出ようとした時背後から上田が声をかけた。

「ああそうだ、ついでに言っておくが、この前君に話した角田の過去の話だがね、実は本宮署にはもう一人キャリアが配属になっていてね。一人は刑事課長として、もう一人は生活安全課長として。この二人は同期でとても仲がよかったらしくて、仲間があんなひどい目に遭ったことを知ったもう一人は、自分が偉くなったら必ず復讐することを誓ってくれたんだよ。この私にね」

「あれはあんたのことだったのか！」

三上は振り返り驚愕の声を発した。

「今更そんなことはどうでもいいがな。さあ三上係長、まもなく内示が出るから楽しみにして待っていてくれ」

上田は笑顔を浮かべていた。

「あんたら気が狂ってる」

三上は逃げるようにして部長室を出た。


「西川主任か？　俺だ、今話せるか？」

「三上係長ですか。どうしました？」

「昇進の内示をもらったか？」

その問いに西川は無言だった。

「主任？　どうなんだ？」

三上の携帯を持つ手に力が入る。

「はい。内示をもらいました。しかしなぜそれを」

「誰の口添えだ」

「それは」

「誰だ！」

三上は大声を張り上げた。

「係長もおわかりだと思いますが。特命の功労が認められたんですよ」

「功労なんかじゃない、今回の昇進は口止めのためだ。角田と上田はグルだ。刑事部解体はこの二人が仕組んだんだ」

「係長。口止めだろうと何だろうと、どうでもいいんです。他の者も全員昇進するって話じゃないですか。係長だってそうでしょ？　近々ご栄転だって噂を聞きましたよ」

「俺がご栄転だと？」

「だからもういいじゃないですか。刑事部解体って言ったたって、うちが解体になるかどうかもわからないし、万が一そうなったとしても、我々は粛々と仕事をするだけです」

「お前、それで本当にいいのか？　一人の個人的感情で刑事部がなくなるんだぞ！」

「ここで我々が大騒ぎして何になるんですか。係長の知り合いの佐伯さんの二の舞になるだけじゃないですか」

「何だと！」

「もう切ります。私もまだクビにはなりたくないんで」

そう言うと西川は一方的に電話を切った。

「おい待て西川！　クソッ！」

三上は携帯電話を投げつけた。

「刑事部は崩壊する」

三上は膝をつきうなだれた。

*

　神奈川県警が刑事部解体の発表をしてから数日後、三上は佐伯の家を訪れた。

「佐伯、いるんだろ？　三上だ、開けてくれ」

三上はドアをノックしたあと、室内に向かって呼びかけた。すると、中から佐伯が無精ひげ面の顔を出した。

「三上か」

「三上か、じゃないよ。大丈夫なのか？　電話も出ないで」

三上がドアを開けて部屋に入ると、室内はごみや缶ビールの空き缶が散乱していた。

「なんだこの部屋は。ごみ屋敷じゃないか」

「余計なお世話だ。何の用だ」

「ここに座るぞ。ほら、差し入れだ。処分は出たのか？」

「まだだ。自宅謹慎のまま」

二人は三上が持って来た缶ビールに口を付けた。

「今からでも遅くない、真実を明らかにすればいい」

「今更そんなことをしても、俺のしたことは消せない」

「お前、このままでいいのか？　全部かぶるつもりなのか？」

「有田を巻き込んだのはこの俺だ。その事実は変わらない」

「お前、いい加減目を覚ませよ。お前は角田にいいように使われたんだよ。それがわからないのか？」

「もうどうでもいいことだ。お前はこれ以上首を突っ込むな。これ飲んだらもう帰れ」

佐伯はビールを飲み干して立ち上がった。

「神奈川が刑事部解体をぶち上げたのは知ってるよな？」

「どうでもいい。帰れ」

「角田と上田がグルだった。刑事部解体は二人が仕組んだことだった」

「上田部長がグル？　なんでだ」

佐伯は椅子に座り直した。

「二人は同期だ。当時二人が本宮署で勤務していた時、上田が刑事達からいじめに遭い、その復讐を角田が誓ったって話だ。そんなくだらんことで刑事部を解体されてたまるか」

「そういうことか。キャリアもうちらと同じように メンツを大事にするだろうからな。しかしな、本部長と警視庁の刑事部長がグルで、しかも総監も絡んでいるとなれば、誰も手出しができない」

「お前、何かネタないのか？　奴らを潰すネタが」

三上は立ち上がり冷蔵庫の方に向かった。

「ビールあるから俺にもくれ」

佐伯が声をかける。

「お前、まだ角田と連絡を取り合っているのか？」

「取り合ってはいないが、来週の頭に本部長室に出頭するように言われている。そこで俺の御沙汰が下るんだろうな」

「そうか。お前、有田に申し訳ないと今でも思ってるか？」

「ああ、思ってるよ。俺は彼女の人生を潰した。悔やんでも悔やみきれない」

佐伯は下を向いた。

「なら、有田のためにも真実を明らかにすべきなんじゃないのか？　お前にひと欠片でも良心が残っているなら、俺に協力しろ。どうせお前の警察人生はもう終わりだ。しかしな、まだ人としての人生はこれからも続く。真実を明らかにして有田に詫びろ」

三上は穏やかな眼差しで諭すように言った。

「ひと欠片の良心か。俺にまだ残っているかどうか」

「いや、大丈夫だ。今から起きることでお前に良心が戻る」

三上は携帯を取り出しメールを打った。するとその数秒後、玄関のチャイムが鳴った。

「なんだ、今日は忙しいな」

佐伯は立ち上がり、玄関に向かった。

「はい」

玄関のドアを開けると、そこには有田が立っていた。

「課長」

「里香」

有田は迷わず佐伯の胸に飛び込んだ。佐伯はそれをしっかりと受け止め、強く抱きしめた。

「里香、申し訳なかった」

「うん」

二人して涙を流した。

＊

出頭命令を受けた佐伯は、本部長室横の椅子に座り、呼び出しを待っていた。すると、秘書室の電話が鳴り、秘書が応対後、佐伯に声をかけた。

「佐伯警部、中へどうぞ」

佐伯は立ち上がって本部長室に入った。

「失礼します」

「ああ、そこに座ってくれ」

「はい」

佐伯は角田に促されてソファに座った。

「どうだ、調子は？」

角田は書類を片手にソファに座った。

「はい、調子は最悪です。組織や本部長に多大なるご迷惑をかけてしまい、反省の日々を過ごしております」

「そうだな。私も非常に残念だ。お前のような優秀な者が、こんな形で警察人生を終えてしまうのは何ともやりきれん」

「申し訳ありません」

佐伯は目線を落とし、頭を下げた。

「だからな、今までのお前の功労を考えた上での辞令を言い渡す」

「はい」

佐伯は顔を上げ、角田が持っていた書類を読み上げる。

「佐伯警部は東北管区への出向を命ずる」

「出向？　懲戒処分では？」

「いいや、出向の辞令だ。あそこに二年いろ。ほとぼりが冷めたらまたこっちに戻してやる。それでいいな？」

「ありがとうございます。ですが、これでは周りの者が黙っていないのでは」

「ああ、本来であれば免職だからな。この人事に反発する者もいたが、私が関係機関に頭を下げまくって何とか了承してもらったよ」

「ありがとうございます！　この御恩は一生忘れません！」

佐伯は立ち上がって深く頭を下げた。

「お前は私の大事な息子だからな。これからも私のために精進してくれ。とりあえずは東北で少しゆっくりしていろ。来週の月曜日付だ」

「承知しました」

角田はうんうんと頷いた。

「本部長、ひとつお伺いしてもよろしいですか？」

「なんだ？　言ってみろ」

角田は煙草を吸い始めた。

「刑事部解体の方は実現しそうですか？」

それを聞いた角田の目つきが変わった。

「そんなことを聞いてどうする？」

「いや、私もこの改革に加わっていたので気になりまして」

佐伯が角田の眼光に押されて目をそらす。

「心配いらん。うちの発表を受けて、警察庁もすでに調整段階に入っている。あと半年もすれば全国の刑事部は消滅する」

「そうですか。本部長、刑事部は国民にとって本当に必要ないのでしょうか。本部長は本当にそれで良いとお考えなんでしょうか」

佐伯は視線を角田に戻した。

「どうしたんだ？　何か言いたいのなら、はっきり言え」

角田は煙草の吸殻を灰皿に押し付けた。

「本部長は警視庁の上田刑事部長と同期なんですか？」

「ほう、日々反省という割には、余計なことに首を突っ込んでいるようだな。同期だから何だと言うんだ？」

「本部長は上田部長とともに本宮署に配置となっていたんですね。そこで上田部長が本宮署の刑事達から強烈ないじめに遭った。今回の刑事部解体はその復讐のためですか？」

角田は佐伯に向かってニヤリとした。

「そんなこと聞いてどうする。お前、また余計なことを企んでるな？　持ってる携帯を出せ」

角田が佐伯に向かって手を出すと、佐伯は胸ポケットから携帯を取り出し角田に渡した。

「まだあるだろ。公用携帯も」

角田に促されてベルトに装着していた公用携帯も渡した。

「これは何だ？　ひとつは通話状態、もうひとつは録音になってるぞ？　お前は本部長との会話を録音しようとしたのか？　今日はお前の辞令交付だぞ？　こんなことをするようじゃあ、今日の辞令は取り消しだ」

そう言って角田は通話状態の公用携帯を手に取り話しかけた。

「もしもし、君は？　ああそうか、噂の三上君だな。こんなことを佐伯にやらせるとは、君もとんでもない奴だな。本件は警視庁の刑事部に抗議させてもらうから、首を洗って待っていたまえ」

そう言って角田は携帯の電源を落とすと、録音中の携帯の電源も落とした。

「お前はもう終わりだ。黙って私の言う通りにしていればいいのに、裏切者は最後まで裏切者だな。出頭命令があるまでまた自宅で謹慎してろ」

角田はソファから立ち上がろうとしたが、それを佐伯が制止した。

「本部長！　刑事部解体は復讐のためだったのですか！　こんなことをして国民のためになるはずがない！」

「うるさい！　国民、国民って貴様は何様なんだ！　警察組織は我々キャリアのものだ！　お前ら雑魚がでかい口叩くんじゃない！」

角田は激高したが、佐伯はうろたえずに反論した。

「雑魚は雑魚なりに一生懸命やっているんだ！　少なくとも俺達は復讐心に駆られてこんなことはしない！　あんた最低だ！」

二人は立ち上がり一触即発の距離になった。

「いいだろう。お前の言う通り復讐さ。それの何が悪い。あの上田はな、人物・能力ともに文句ない男だ。奴なら警視総監だって、警察庁長官だってなれた。それなのに、あの事件で人生が狂ったんだよ。あの時以来、奴はうつ病になり、自殺未遂まで起こした。今でこそ、あんな元気な姿でいるが、ここまで回復するまでどんなに時間がかかったか。全部奴ら刑事のせいだ」

「だからと言って、こんなことが許される訳がない！　あなたは神奈川県警本部の長なんですよ！」

佐伯は目に涙を浮かべながら悲痛の叫びを上げた。

「本部長が何だってんだ。あの時俺は上田に誓ったんだよ。あのクソデカどもに必ず復讐するとな。桐谷総監もその当時のことはよくご存じだ。大変心を痛めてくれてな。我々の復讐劇を陰ながらサポートしてくれたという訳だ。お前の事を週刊誌にリークしろと言ったのも総監だ。それが結果的に刑事部解体を早めたわけだ。お前のおかげでもあるな」

「総監が」

佐伯は絶句した。

「携帯を持って、とっとと失せろ。裏切者に用はない」

角田は本部長室の扉を開け、顎で佐伯に退室するよう促した。

佐伯は部屋を出ようとしたが、出る間際に振り返り、角田に再度問いかけた。

「本部長、最後にもう一度だけお聞かせください。刑事部解体は国民のためになるのですか？」

「国民のため？　お前はこの期に及んでまだそんなこと言ってるのか。俺は大切な同期である上田のため、世のキャリアのメンツのために積年の恨みを晴らしただけだ。国民なんてどうだっていい。そもそも警察組織なんざ私利私欲の塊だろうが。自分の出世のためなら他の者を平然と蹴落とす連中ばかりだ。貴様だってそうだろ？　俺にくっついて出世を狙ってたんだろうが」

「私はそんなつもりは！」

角田は佐伯の言葉を遮り、佐伯を部屋から追い出し扉を閉めた。

県警本部一階ロビーには、三上と有田が緊張した面持ちで佐伯が来るのを待っていた。

「佐伯！」

三上は佐伯がロビーに向かって歩いてくるのをみつけると、走って駆け寄った。

「佐伯、こんなことになるなんて。本当に申し訳ない。こんなことをせず東北管区の辞令を受けていれば」

「もういい。これで全て終わった」

佐伯の表情は穏やかだった。

「課長！」

有田が佐伯の胸に飛び込んだ。

「里香。色々とごめんな。これからは一生かけてお前に償っていきたい。ずっとそばにいてくれるか？」

「うん、ずっとそばにいる」

二人は人目をはばからずに抱き合った。

「佐伯、これからどうする？　今回の件で俺も終わりだ。これから三人で飲みながら、第二の人生について語り合おうか」

三上が笑った。

「そうだな。でもその前にひとつ、やることがある」

そう言うと、佐伯は靴下をまさぐり、何かを取り出した。

「それは」

「ああ、これか？　本部長には携帯を出せと言われたから携帯は出したが、これは携帯とは違うからな」

「ボイスレコーダー！」

有田が声を上げ、三上が拳を突き上げた。

「うまく録音できているかどうか聞いてみてくれ。さて、皆で飲みに行く前にもうひと仕事するか」

そう言うと佐伯は、公用の携帯で電話をかけた。

「本部長、先程は申し訳ありませんでした。実は今、三上警部とも話をしまして、本部長に是非検討していただきたい重要な証拠がございまして、お時間いただけないでしょうか。はい、では明日、お伺いします」

電話を切った佐伯に、すぐさま三上が質問する。

「で、どうだった?」

「ああ、明日の午後一時に本部長室だ」

「よし! 俺も一緒に行くぞ」

「いや、ここは俺一人でいい」

「一人でいいって、この期に及んで、お前、何考えてんだ!」

「お前が叩く相手は本部長じゃないだろ。これを使ってきっちり落し前をつけてこい」

佐伯はボイスレコーダーを三上の前にかざした。

「仰せのままに」

三上は指をボキボキと鳴らしながらほくそ笑んだ。

「俺はこれから所用があるから、それが終わったらこのボイスレコーダーを渡す。それまで自宅で待機していてくれ」

「了解！」

三上は声を上げた。

「課長、あたしにも何かさせてください」

有田が懇願する。

「わかった。じゃあ、このボイスレコーダーのコピーを里香に預けるから、俺達に万が一のことがあったら、その時は頼むぞ」

「はい」

有田は佐伯を見つめ、微笑んだ。


翌日午後一時、佐伯は時間通り本部長室に着いたが、常にいるはずの秘書がいなかった。

「この時間に秘書がいないとなると、向こうもこの状況をわかってのことだな」

佐伯は秘書室を通り過ぎ、扉の開いた本部長室へと進むと、中から角田の声がした。

「入れ」

佐伯はそのまま本部長室の前で頭を下げ、中に入った。

無精ひげをきっちりと剃り上げ、濃紺のスーツに身を固めたその出で立ちは、現役時代を彷彿とさせる、精悍なものであった。

「で、なんだ？　重要な証拠とは」

角田は応接ソファに腰を下ろし、煙草に火を付けた。

「はい、では早速、聞いていただきます」

佐伯はボイスレコーダーを再生した。

その頃、時を同じくして三上は自席で待機していた。

「佐伯の方はもう始まったな。じゃあ俺もやるか」

三上は部屋を出て、エレベーターに乗ろうとすると、部屋から出て来た四谷に呼び止められた。

「三上、どこに行く」

四谷は眼光鋭く三上に問いかけた。

「課長、お疲れ様です。ちょっと所用で」

「俺も乗る」

そう言うと四谷は三上と一緒にエレベーターに乗り込み九階を押した。

エレベーターの中に二人、口を開かず緊張感が漂う中、三上が口火を切った。

「課長、どこに行かれるんですか？」

「監察だ。お前は八階か。着いたぞ」

エレベーターが八階に着き、四谷は三上に降りるよう促した。

「失礼します」

三上はエレベーターの扉が閉まるまで頭を下げた。

「課長が監察に？　変な感じだな」

三上は首をかしげながら部長室へと向かったが、いつもいるはずの部長秘書がいないことに気が付いた。しかも部長室の扉は閉まっている。

「誰もいないのなら好都合だ」

三上はポケットの中にあるＳＤカードを握りしめながら部長室をノックした。

「どうぞ」

中から上田の声がしたので、三上は扉を開け、頭を下げながら入室した。

「部長、三上です」

三上が顔を上げると、そこにはいつも通りの、穏やかな表情の上田がいた。

「三上君か。今日はまた何の用だね？　まあ、立ち話もなんだから座りたまえ。あまり時間がないから簡潔にな」

上田は、この事態を理解しているのだろうか。顔に笑みすら窺える。

「はい、失礼します」

二人はソファに対面状態で座った。

「部長、私はあなた方の企てを阻止しに参りました」

「企て？　さて、なんのことかな？」

「とぼけないでください。こちらにはそれを証明するネタがあるんです。これが世間に出回れば、あなたたちキャリアは終わりだ」

そう言うと、三上はポケットからＳＤカードを取り出した。

「それは何だね？」

上田はそのＳＤカードをじっと見つめた。

「これは、昨日、角田本部長と佐伯が会話をした内容を録音したものです。この中にあなた方の刑事部解体の真の理由が録音されています。聞きますか？」

「ああ、例の刑事部解体だね。あれは神奈川の話じゃないか。君にとっては、神奈川が何をしようと別に困らないし、そもそも君がなんでそこまでこの案件にこだわっているのか疑問でならない」

上田の穏やかな表情は全く変わらない。

「部長、これを聞くかどうか聞いているんです。なんなら一斉放送で流してもいいんですよ」

三上は上田に顔を近づけた。

「三上君。君はこの部長室で一体何をしたいのかね？　私に何をしてほしいんだ？」

「全く、往生際の悪い人だ。まあいい、あんたが認めなくても、この証拠があればあんたらを葬ることができるんだ。だからな、もう刑事部解体なんてことは忘れることだ。今頃、角田も佐伯に刑事部解体を忘れると約束しているはずだ。あとな、俺や佐伯のことも忘れろ。報復しようなんて思うな。いいな？　もし、この約束が破られたら、この証拠をマスコミに流す。そしてあんたらはおしまいだ」

「それは脅しかね？」

「ああ、そう思ってもらって結構。あんたにも家族がいるだろ？　これが世間に流れたら、家族も無事では済まないな。マスコミもキャリアのネタは大好物だ。よく考えた方がいいぞ。あんたの返事次第で、人生が逆転する」

三上は上田を睨みつけた。

「君は私の家族をも巻き込むつもりか」

上田も三上を睨み返した。

「それはあんた次第だ。あんたが約束を破れば、あんたは破滅する」

三上は勝ち誇った表情で、手に持っていたＳＤカードをポケットに入れ、腕組みをした。

すると、誰かが部長室の扉をノックする音がした。

「うん？　誰か来客の予定でも？」

「入れ」

上田は三上の言葉を無視するかのように声を発した。すると部長室に入ってきたのは四谷の他、スーツ姿の男三人だった。

「課長」

「三上、おとなしくしろ。部長、ご迷惑をかけて申し訳ありません」

四谷は上田に深々と頭を下げた。

「うむ。あとはこちらで対処するから心配いらないよ」

上田は四谷の肩を軽く叩き、部長室からの退室を促し、四谷は肩を落としながら出て行った。

「部長、失礼します。監察の岩永です」

「うむ。あとは任せる。私はまだここにいた方がいいかな?」

「いいえ、もう退室されてかまいません。あとはうちが引き継ぎます」

そう言うと岩永は、上田を部長室から退室させた。

「おい! まだ部長との話は終わってないんだよ! 監察が何の用があって」

三上が立ち上がろうとすると、二人の男が三上の両肩を掴み、ソファに座らせた。

「三上警部、上田刑事部長に対する脅迫の容疑で現行犯逮捕します。警部の所持品を差し押さえます。全て出してください」

岩永は部下に指示し三上の所持品を点検した。

「脅迫? いい加減にしろ! なんで俺が」

「三上警部、我々はあんたの言い訳を聞きに来たんじゃない。反抗するなら公務執行妨害で逮捕しますよ。所持品を全部出しなさい」

「わかった。ちょっと待て」

三上はポケットからＳＤカードを取り出すと、ゆっくりと岩永に渡した。その隙に三上は男達を押しのけて立ち上がり、扉に向かって走ると同時に内ポケットに入っていた携帯を操作して佐伯に電話しようとしたが、その瞬間、三上は肩と膝に強烈な打撃を受け、前のめりに倒れてしまった。

「くそっ、お前ら、ただで済むと思うな」

三上は振り返ると、そこには特殊警棒を把持した岩永がいた。

「お前こそ、監察をなめんなよ。このクソデカが。公務執行妨害で現行犯逮捕だ」

そういうと、岩永は部下に命じて三上に後ろ手錠をかけ、その場から引きずるようにして部長室をあとにした。


その頃有田は、家で佐伯からの連絡を待っていた。すると玄関の呼び鈴が鳴り、ドアスコープを覗くと、そこにはスーツ姿の男と女性が警察手帳をかざしながら立っていた。

「どなた？」

「神奈川県警の猪俣と星野です。ドアを開けてくれませんか」

有田はチェーン錠をかけたまま恐る恐るドアを開けた。

「なんの用です？」

「佐伯課長の件で、お伝えしたいことがありまして」

「佐伯課長？　何があったんですか！」

有田は慌てて補助錠を外しドアを開けると、猪俣がドアに手をかけて中に押し入ってきた。

「一体、何なんですか！」

「有田里香、覚せい剤所持の容疑で捜索令状が出ている。室内を見せてもらうぞ」

猪俣は捜索令状を有田にかざして白手袋を付け始めた。

「ちょっと！　あたしが何をしたって」

「静かにしろ！　邪魔すると公務執行妨害で逮捕するぞ！　星野、有田の所持品検査だ」

猪俣の指示を受け、星野が有田の腕を掴み身体検査を始めた。

「やめてください！　私、何も持ってません！」

「何を持っていないって？　俺はあんたが何か持ってるなんて一言も言ってないぞ。星野、向こうの部屋に行って身体の隅々までがっちり調べて来い」

星野はうなずくと、奥の部屋に引っ張って行った。

猪俣はテーブルの上に置いてあった鞄を逆さにして、その中身をテーブルの上にぶちまけ、その上にポケットから取り出した白色結晶が入っているパケを置いた。

「星野！　そっちはどうだ！」

「何も出てきません」

「そうか。こっちは収穫だぞ、来てみろ」

猪俣は星野を呼びつけると、白色結晶の入ったパケを示した。

「これは。シャブですね」

「ああ、これで決まりだ。有田を連れて来い」

星野は部屋から有田を連れ出した。

「有田さん、あなたの鞄の中からこんな物が出てきましたよ。これは？」

「そんな物、知りません！　あたしのじゃありません！」

有田は必死に弁明した。

「そんな言い訳が通用すると思ってんのか！　有田里香、覚せい剤所持の現行犯で逮捕する」

猪俣は星野に指示をすると、星野が手錠を出し有田に掛けた。

「あたしじゃない！　あたしのじゃない！」

泣き叫ぶ有田を星野が制止し、その姿を見て猪俣は笑った。

「おいおい、半狂乱じゃないか。そんなにシャブが欲しいのか？　これはどこで手に入れたんだ？」

猪俣は鞄に入っていた財布を調べると、中に入っていたＳＤカードを見つけた。

「これは何だ？　売人のリストか？　これは押収させてもらう」

「それはダメ！　お願いだからそれは返して！」

暴れる有田を今度は猪俣が制止した。

「お前な、組織をなめてんじゃねえぞ。お前ら雑魚どもが敵う相手じゃねえんだよ。連行するぞ」

猪俣は有田を覆面パトカーに乗せたあと、携帯電話を手にして電話をかけた。


「本部長、いかがでしょうか」

佐伯がボイスレコーダーを切った。

「なるほど。昨日の我々の会話を秘匿に録音していたわけだ。やるな」

「こちらも必死ですから」

「で、君の要求は?」

「はい、まずは」

「ちょっと待ってくれ。電話だ」

角田は立ち上がり、携帯電話を取り出した。

「角田だ。ああ、わかった。よくやった」

角田は携帯を切ったあと、佐伯の顔を見てニヤリとした。

「それで、要求だったたな。何だ?」

「はい、刑事部解体を中止することと、我々に一切手を出さないこと、この二点です」

「拒否したら?」

「世間にこの事実を知らしめるだけです。それがどういうことか本部長ならおわかりのはず。どうかご検討を」

角田は煙草を灰皿の上でもみ消し、ゆっくりと立ち上がった。そして窓に向かって歩き出した。

「佐伯よ。お前がここまでやる必要があるのか？　お前には何の影響もないではないか。なぜそれほど刑事部に肩入れする？　警視庁の三上のせいか？　それとも、刑事課長として、刑事部がなくなるのを許せなくなったか？」

「そんなことをここで議論する気はありません。どうしますか？　本部長」

「私は構わないよ。ここで私がやらなくても、いずれ刑事部は誰かの手によって消し去られる。それが時代の流れだ」

角田は振り返って佐伯を見据えた。

「時代の流れ？　時代の流れを言うなら、刑事部は必要なはずではありませんか。私利私欲のために特殊詐欺や殺人、強盗が平然と行われるこの世の中で、これらの犯罪に真っ向から対峙しているのが刑事だ。ホシを捕まえるまで、家にも帰らず、休みも取らず、歯を食いしばって闘っているんですよ。どう考えても、生活安全部の連中に刑事の代わりができるとは思えません！」

佐伯は立ち上がって角田に歩み寄った。

「生活安全部の経験もないお前が、偉そうな口を叩くな！　生安部の業務は多岐にわたるんだよ。銃砲刀剣類の摘発、風俗事案、少年事件、動物虐待やら何やら、およそ刑事罰で裁けないものの全てを担当しているんだぞ。逆にな、一本調子の事件しか扱ったことのない刑事にこの生安部で務まるのか疑問だな」

角田の口角が上がった。

「なんだと！」

佐伯は角田の胸倉を掴んだ。

「やめておけ。私を殴ってもどうにもならん。この案件はな、もう誰にも止められないんだよ。決定事項だ」

「では仕方がない。このネタを世間に流すだけだ」

「それも無理だな。お前はこの場で身柄を拘束されるんだ。いいぞ！」

角田の合図でスーツを着た男達が本部長室に乱入し、佐伯を取り囲んだ。

「俺を拘束しても誰かがこのネタを世間に流す。このデータのコピーを取ってある」

「それも想定内だ。すでに三上と有田が持っていたブツは押さえた。残念だったな。連れていけ」

角田は佐伯が持っていたボイスレコーダーを奪い取った。

「佐伯警部、本部長に対する脅迫の罪で現行犯逮捕します。携帯電話を預かります」

スーツの男が佐伯に告げ、連行しようとした。

「脅迫ね。あんたも色々考えるな。まあいい、俺がこの場から離れると、あんたは困ることになる」

佐伯は男達の手を振りほどき、ソファに座り直した。

「面白い。で、私が困ることとは何だ？」

角田は佐伯を連行しようとする男達を制してソファに座り、佐伯に顔を近づけた。

「あともう少しですから、そう焦らないでください」

佐伯はそう言うと時計を見た。

「お前は馬鹿か？　逮捕されている身で何だ、その態度は。もう終わりだ。連れていけ」

「ちょっと待て。今から俺の携帯が鳴るから出た方がいい。相手はあなたがクビにした男だ」

佐伯は角田をまっすぐ見据えた。

「私がクビにした奴なんか星の数ほどいる。それがどうした？」

「それは電話に出ればわかる」

「何だと」

角田の顔が険しくなる。とその時、佐伯の電話が鳴った。

「時間ピッタリだな。本部長、電話に出ないと取り返しのつかないことになりますがどうします？」

「貴様、何を企んでおる！」

角田は佐伯の胸倉を掴んだ。

「彼は喜びましたよ。あなたを潰す絶好のネタを手に入れたんですからね。さっ、電話に出ましょう。ああ、ここにいる皆にも聞いてもらいますか」

佐伯は捜査員から携帯を奪い取りスピーカーにした。

「ああ、佐伯さんか？　無事か？」

「とりあえず無事だ。この会話は本部長以下が聞いている。で、首尾はどうだ?」

「マスコミの方はな、報道規制が引かれているのか、このネタに誰も食いついてこなかったよ。さすがは本部長さんだ、すでに根回し済みってわけだ」

「お前は誰だ!」

角田が激怒して口を挟む。

「あれ? 今の本部長さんか? どうも、はじめまして。あんたらにハメられたチンケな奴ですよ」

「貴様、まさか!」

角田が携帯電話を凝視し目を見開く。

「はい、そのまさかです。俺が佐伯さんと手を組むなんて思ってなかっただろ? 俺もな、元刑事の端くれ、刑事部が潰されるのを黙って見ているわけにはいかねえんだよ。それにな、今や佐伯さんもボロボロ、お互いボロボロ同士、仲良くやることにしたんだよ」

「そういう話は今はいい。報道がダメなら次の手は打ったのか?」

佐伯は携帯を手に取った。

「当たり前だろ。このご時世、SNSっていう、一瞬で全世界に広がるものがあるんだろ? しかし俺は古い人間でな、どうやればこのネタをばら撒けるのか昔の同僚に聞きまくったよ」

「ご苦労さん、で、準備は?」

「いつでもどうぞ、佐伯課長さん。これで全能の神、ゼウスも終わりだ」

「だそうです。本部長」

佐伯は携帯をテーブルに置き、胸倉を掴んでいた角田の手を引きはがした。

「このクソどもが」

「クソはどっちですか。この証拠を奪い取るために俺達に濡れ衣まで着せて。本部長、再度申し上げます。今すぐ警視総監と警視庁の上田刑事部長にご連絡を。刑事部解体の中止と身柄を確保されている三上と有田の釈放をお願いします」

「お前、ただでは済まんぞ」

角田は声を震わせた。

「本部長、早くご連絡をした方がよいかと。加藤係長はあまりパソコンの扱いに慣れていないので、間違って送信キーを押してしまう可能性があります。というか、押したくてウズウズしている」

佐伯と角田の睨み合いが続き、本部長室は緊張感で張り裂けそうになっていたが、角田が根負けした様子で一息つくと、背広の内ポケットからおもむろに携帯電話を取り出した。

「そうです。それでいい」

佐伯は口角を上げた。

エピローグ

刑事部解体騒動から半年が経ち、佐伯は休みを使って三上の所に顔を出した。

「三上、いるか?」

「はい、どなた?」

三上は待機室の扉を開けた。

「なんだお前か。今日は何だ、休みか」

「ああ、有給休暇を消化しないと上に怒られるからな。暇だからお前の様子でも見に来たんだよ。ありがたく思え」

「他にやることないのかよ。まあいい、ゆっくりしていけ」

三上はお茶を入れながら佐伯に声をかけた。

「どうだ、今の仕事は? 運転免許センターって何するんだ?」

「何するって、免許の更新とか、交付の際の視力検査とか、そんなところだ」

「随分とザックリだな。その説明」

「俺もよくわかんないんだよ」

二人は笑った。

「ところでな、もういいんじゃないか？　例の件を説明してくれても。お互い落ち着いたことだし」

三上がお茶をすすりながら言った。

「例の件とは？」

「とぼけんなよ。結果的には刑事部解体は無くなったが、俺には何が起きたのかさっぱりわからん。逮捕されたり釈放されたり、誰も何も説明しない」

「結果が良ければそれでいいんじゃないのか？」

「ふざけんな、俺は警棒でぶっ叩かれたんだぞ？　お前は俺に説明する義務があるだろ」

三上は佐伯に顔を近づけた。

「お前や里香が身柄を拘束されるのは想定内だった」

佐伯はお茶をすすってから口を開いた。

「想定内って、じゃあ俺が拘束されるのを黙っていたってのか？　お前、それはちょっとひどいんじゃないのか」

三上がさらに顔を近づける。

「奴らも必死だ、あのボイスレコーダーひとつで人生が変わるんだからな。だからとっておきのジョーカーを用意した。そしてボイスレコーダーのコピーを渡して、好きなようにしてくれとお願いした」

「ジョーカーね。それでそのジョーカーはどうしたんだ？」

「俺に協力することを選んだ」

「なるほど。もともとそいつはお前の味方だったのか？」

「いや。その逆だ。俺を恨んでいた。なにしろ俺が不祥事案を捏造して追い込んだ奴だからな。しかし俺には奴しか残っていなかった。だから奴の刑事としてのプライドに賭けた。自分の人生を捧げた刑事部が消えてもいいのかってな」

「まさか、あいつか？」

「ああ、そのまさかだ。奴のおかげでお前も里香も助けられたし、刑事部解体もご破算になった。もう一杯くれ」

佐伯はお茶を飲み干し、三上にお茶を催促する。

「で、奴は復職できたのか？」

「ああ、その気になれば復職できたんだが、本人が頑として断ってな。ただ、人事の方が再就職の場を用意してくれたらしい。今は興信所の顧問として若いのを鍛えているそうだ」

「そうか。それはよかったな。しかしな、俺達の今のこの待遇はどうなんだ？　二人とも左遷じゃないか」

三上は佐伯の湯飲み茶わんにお茶を入れ、自分の湯飲み茶わんにもお茶をいれた。

「今回はうまくいったが、次もそうなるとは思えない。欲をかいて、さらに要求をすれば今度こそ奴らに消される。左遷でいいんだ」

「それはそうだな」

するとその時、付けていたテレビからあるニュースが流れ、二人の目が釘付けになった。

「これは例の広域連続殺人事件か？　捕まったのか」

佐伯が画面を見ながら三上に聞く。

「ああ、うちと神奈川との合同捜査本部事件だぞ？　捕まらないはずがない」

「そりゃそうだな」

二人は笑い、お茶を飲んだ。

「お前、後悔してないか？」

佐伯が優しい眼差しで三上を見つめる。

「ああ、後悔してない。この結末は予想してなかったけどな。お前はどうだ？」

「俺か？　わからん。でも今は里香もいるし、総じて幸せだ」

「それは良かった」

「三上」

「なんだ？」

「刑事は生き残ったな」

「ああ。これからも生き続ける。そして国民のために邁進する」

二人は納得した表情を浮かべた。すると遠くから三上を呼ぶ声がした。

「駐在さんいるかい！　子供が財布を拾ったってよ！」

「はいはい、今行くよ」

三上は立ち上がって制帽をかぶった。その表情はその日の天気のように、晴れやかで穏やかだった。

〈著者紹介〉
人見謙三（ひとみ けんぞう）

刑事狩り

2023年7月19日　第1刷発行

著　者　　人見謙三
発行人　　久保田貴幸

発行元　　株式会社 幻冬舎メディアコンサルティング
〒151-0051　東京都渋谷区千駄ヶ谷4-9-7
電話　03-5411-6440（編集）

発売元　　株式会社 幻冬舎
〒151-0051　東京都渋谷区千駄ヶ谷4-9-7
電話　03-5411-6222（営業）

印刷・製本　中央精版印刷株式会社
装　丁　　弓田和則
装　画　　伊藤水月

検印廃止
©KENZO HITOMI, GENTOSHA MEDIA CONSULTING 2023
Printed in Japan
ISBN 978-4-344-94395-7 C0093
幻冬舎メディアコンサルティングＨＰ
https://www.gentosha-mc.com/

※落丁本、乱丁本は購入書店を明記のうえ、小社宛にお送りください。
送料小社負担にてお取替えいたします。
※本書の一部あるいは全部を、著作者の承諾を得ずに無断で複写・複製することは
禁じられています。
定価はカバーに表示してあります。